1학년 3반 종례신문

1학년 3반 종례신문

초판 1쇄 | 2021년 3월 8일
초판 2쇄 | 2021년 5월 25일

지은이 | 기라성
발행인 | 최현숙
펴낸곳 | 도서출판 덤보

출판등록 | 2020. 03. 04 제2020-000006호
주소 | 서울특별시 강북구 도봉로95길 33, 1층(수유동)
전화 | 02-6013-3919
팩스 | 02-6499-8919
이메일 | rashomon2580@naver.com

ⓒ 기라성, 2021, Printed in Seoul, Korea

ISBN 979-11-971933-3-0 43810

1학년 3반 / 종례신문

기라성 지음

세상과 부딪치며 '나'를 만들어갈,
10대들을 위한 선생님의 작은 위로

도서출판 덤보

끊임없이 '말'을 걸어주는 선생님

제가 아직 아이였을 때 저는 어떤 세계에나 있을법한 지극히 평범한 존재였습니다. 평범함의 다른 이름은 지루함이 아닐까요. 적어도 제겐 그랬고, 그 평범함에서 탈출하고자 수많은 고민을 거친 끝에 결국 극단적인 선택을 하고 말았습니다. 다름 아닌, 반장선거 출마! 극단적이었으나, 결과적으로는 성공적인 선택이었습니다. 특이한 이름을 앞세운 '포퓰리즘' 정책을 발판삼아 저는 초등학교 3학년 1반 반장에 당선되었고, 평범함과는 사이가 틀어지게 되었죠. 그런데 이후 역설적으로, 저는 다시 평범함을 갈구하는 학생이 되고 말았어요.

담임은 본인을 핸드볼 대표 선수 출신으로 소개했습니다. 키가 큰 여자였고, 입이 거칠었어요. 새로운 이벤트를 기다렸던 사람처럼, 저 몰래 제 부모님께 전화를 걸어 대놓고 금전을 요구했죠. 당시 유행하던 '촌지'란 이름의 그것이었습니다. 부모님은 완강히 거절했고 담임은 새로운 형태로 다시금 자신의 요구를 말이 아니라 행동으로 보여주었습니다. 그 형태는, 다름 아닌 폭행이었습니다.

저는 한 시간 동안 따귀를 40대 정도 맞았습니다. 이후 한 시간은 머리를 박고 열중쉬어(흔히 '원산폭격'이라고 부르는) 자세로 있어야 했고, 이후 세 시간은 모두가 바라보는 가운데 교탁 바로 옆에서 무릎을 꿇고 앉아 있어야 했습니다. 온 신경에 통증을 느껴야 했죠. 그것은 물리적으로 발현된 통증이 아니라, 어쩌면 수치심이라 부르는 게 맞았을 겁니다. 열 살짜리가 감당하기에는 너무도 큰.

학교는, 절대 이기지 못할 적敵이 되었습니다. 부모는 굴복했고, 담임은 더는 제게 자신의 시간을 허비하지 않았습니다. 그리고 저는 온 세계가 저를 '삭제'해주길 바라게 되었습니다. 평범함을 넘어, 그들의 세계 너머에 존재하길 원했습니다. 적어도 어른이 될 때까지는 말이죠. 그리고 이 바람은 성공이었습니다. 가끔 이름으로 인한 주목^{注目}이 저를 괴롭히긴 했으나, 군인이었던 아버지의 직업은 잦은 이사라는 방법으로 괴롭힘을 해소해 주었습니다. 누구도 과거의 저를 기억하지 못했습니다. 추억이란 장면에 등장하지 않게 된 거죠. 그렇게 어른이 되기 일 년을 남기고, 실패했습니다. 그리고 그 실패는, 성공이었죠.

제가 주인공인 소설에서 갑작스레 등장한 조력자는 저의 근본적 결함을 재발이 불가능하도록 완벽하게 치유해 주었습니다. 조력자는 변신술이나 순간이동을 능히 해내는 전기적^{傳奇的} 인물이 아닌, 교사였어요. 그 교사는 제게 '말'을 건넸습니다. '교사가 남긴 통증을 교사가 치유해준' 아이러니는 그 깊이가 더해져 '교사가 남긴 통증을 교사에게 치유받고 교사가 된' 아이러니로 확장되기에 이르렀습니다. 저는 지금 고등학교 국어교사입니다.

제 선생님은 제게 '말'을 건넸습니다. 그 누구도 세계 너머에 존재할 이유가 없다는, 존재만으로도 충분히 특별하다는 말. 교사가 되고 보니 더 잘 알게 되었습니다. 학생들은 학생이란 이유만으로 소중하다는 것을. 그래서 가르치고, 때론 다그치기도 합니다. 제가 아끼는 만큼, 아이들이 어디서나 사랑받는 그런 모습을 보고 싶어서 말이죠.

아직 아이였을 때, 저는 어떤 세계에나 있을법한 지극히 평범한 존재였습니다. 그 아이는 자라서 선생님이 되었고, 기적처럼 '청소년'이란 이름을 가진 모든 이에게, 말을 건네어 봅니다.

―웅숭깊은 라쌤

○ 차례

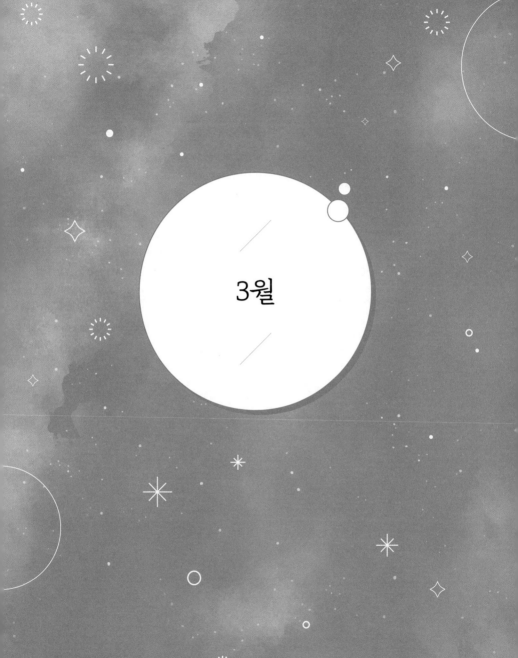

3월

그날 이후 새롭게 만나는 친구들과 헤어지는 그날까지,
아니 헤어진 이후까지도 그들을 위해 부단히 노력해야겠다는 다짐을
하게 되었습니다. 끝날 때까지 끝난 것이 아닌데, 인연이란 녀석은
절대 끝나지 않을 텐데 말입니다.

지금 이 순간에도, 누군가는 당신을 응원합니다.
내일도, 모레도, 글피도, 다음 주에도, 다음 달에도, 내년에도.

로또에
당첨되었습니다

○

 새로운 학년이 시작되기 직전, 전 한동안 불면증에 시달리곤 합니다. 새로운 친구들과 함께할 생각에 긴장이 되나 봅니다. 누워서도 계속 수업에 대한 걱정, 아이들 걱정을 하느라 머릿속이 비워지질 않습니다. 자정에 누워도 새벽 두세 시가 되도록 잠들지 못하고 어떻게 겨우 잠든다 해도 절대 깊은 잠에 빠지지는 못합니다. 악몽에 시달리곤 했죠.

 물론 악몽 대신, 꽤 유쾌한 꿈을 꾼 날도 있긴 했습니다. 거북이가 나오는 꿈이었죠. 몸뚱이가 우리 반 교실 절반 크기인데다가 머리는 칠판 정도 되는 어마어마한 거북이가 제 앞에서 기어가고 있는 것이었습니다! 저는 몸이 딱딱하게 굳은 채 아무것도 하지 못하고 그저 거북이가 지나가는 것을 바라보고만 있었죠. 순간 잠에서 깼습니다. 너무 놀란 나머지 식은땀도 약간 나는 것 같고, 아무튼, 참으로 기이한 꿈이었습니다.

다음 날, 일어나자마자 초록 창에 검색했습니다. '거북이 꿈'이라고 검색하고, 전 놀라고야 말았습니다. 이건 돈 들어올 꿈이라는 해몽이 딱! 전 그 누구에게도 꿈에 대해 말하지 않고 바로 복권 파는 상점으로 가서 5천 원짜리 로또복권을 자동으로 두 장 구매했습니다.

이 중 하나는 1등, 최소 2등 당첨이구나. 대충 세금 제외해도 30억은 남겠지? 그러면 일단 은행에서 빌린 대출금을 갚고, 부모님께도 조금 드려야겠지? 남은 돈으로는 차를 사고, 아, 여름방학 시작하면 바로 여행도 가야겠다. 유럽? 특이하게 아프리카? 그러려면 백화점 가서 준비할 물건도 좀 사야겠지?

로또를 사고 사흘 정도 정말 행복한 하루하루를 살았습니다. 이미 당첨되어 30억을 받은 사람처럼 미래를 계획하고 있었죠. 그리고 대망의 토요일 밤! 8시 45분이 되자마자 채널을 돌렸습니다. 두근두근. 1분이 한 시간처럼 느껴졌습니다. 그리고 드디어 추첨자가 버튼을 딱! 하고 눌렀을 때 나온 숫자는!

"30"

제 로또엔 30이란 숫자는 없었습니다. 그 이후로 6번의 숫자가 더 등장했으나 일치하는 숫자는 고작 한 줄에 두 개가 최다였죠. '아, 뭐냐. 거북이 꿈도 꿨는데.' 허무함과 실망감을 감출 수가 없었습니다.

또 하루가 지나고, 일요일임에도 저는 학교에 출근했습니다. 새 학기 준비를 하기 위해서였습니다. 그러는 와중에 우리 반 명단을 다시 한번 보고 싶어졌죠. "그러고 보니 이 녀석은 3년 내내 내가 담임이잖아!" "오, 얘는 담임을 꼭 해보고 싶었는데!" "이 녀석한테 무슨 별명을 붙여주지?" 저는 혼자 이상한 사람처럼 우리 반 학생들의 사진 명렬표를 보며 웃고 있는 자신을 발견했습니다. 그 순간! 머릿속엔 거짓말처럼 '로또'라는 단어가 스쳐 지나갔죠.

제게 우리 반 친구들은 로또 1등 같은 존재일지 모른다는 생각이 문득 들었습니다. 아니, 솔직하게 말하면 그렇게 생각하고 한 해를 살아야겠다고 생각하게 되었습니다. 더불어 저도 이 아이들에게 로또 같은 사람이 되어야겠다는 다짐도 하게 되었죠. 30억 이상의 가치를 선사해주는 그런 멋진 담임이 되겠다!

기억하세요, 여러분은 학생이란 이유만으로 대한민국 모든 선생님에게 이미 '로또 같은 존재', 아니 '로또 이상의 존재'랍니다.

 라쌤의 한 마디

로또 당첨에 인생의 모든 운을 쏟아붓기에는,

우리 삶에 찾아올 행운들은 결코 사소하지 않습니다.

먹는 게 남는 거,
진짜 그렇더라

○

잠깐 퀴즈! 빵이 다섯 개 있습니다. 그중 다섯 개를 먹었죠. 그렇다면 남은 빵은 몇 개일까요? 정답, 다섯 개! 왜냐고? 먹는 게 남는 거니까! 그런데 놀랍게도, 먹는 게 남는 것이라는 말을 실현할 수 있는 방법이 있습니다! 다름 아닌, 독서!

세상에 무서운 건 귀신과 놀이기구와 매운 음식과 동네 강아지 그리고 엄마밖에 없던 시절, 제가 가장 되고 싶은 존재는 다름 아닌 '조선 시대 왕'이었습니다. '왕'이 갖는 이미지라는 게 있잖아요? 세상을 마음대로 쥐락펴락할 수 있는 그 놀라운 힘! 저도 갖고 싶었던 거죠. '학교와 시험을 모두 없애라!' '모든 백성은 매일 하루 한 끼 치킨을 먹도록 하라!' 이런 '어명'을 내리고 싶었답니다. 내가 상상한 모습 그대로의 세상을 만들 수 있는 존재, '왕'이 되고 싶었습니다. 그런데 그 꿈은 몇 년 후 산산 조각 납니다. 조선 시대 왕의 '하루 일과표'를 보고 말았거든요. '조선왕 조'를 다룬 책을 우연히 보게 되었는데, 그들은 매일 새벽 5시에 기상해 야 했고, 종일 자기 시간이 없었다고 합니다. 왕실 어른들께 문안 인사, 상소 처리업무, 궐내 시찰 등. 심지어 아침, 낮, 저녁으로 정해진 시간이 되면 끊임없이 책을 읽어야만 했죠. 이걸 내가 왜 해… 불행인지 다행인 지 왕이 되고 싶단 꿈은 버리게 되었고, 지금은 선생님이 되어 교실에서 왕 노릇을… 담임쌤 말이 곧 법이다! 교복 입어! 지각하지 마! 수업 시간 에 졸지 마!

당연하게도, 저는 진짜 왕이 되진 못할 겁니다. 그 시절로 돌아갈 방법 이 없잖아요(타임머신 얘기 금지). 그렇지만 조선 시대 왕으로 불렸던 이 들의 삶이 어떠했는지, 얼마나 고되고 힘들었는지 지금은 매우 잘 알고 있습니다. 독서 덕분이죠. 책을 읽었단 말입니다.

우린, 우리가 원하는 시간과 장소에 머물 수 없습니다. 우린, 우리가 원하는 삶을 마음대로 바꿔가며 살지도 못합니다. 그렇지만 누구나 그 한계를 넘어보고 싶어 하죠. 그래서 필요한 것이 바로 '독서'입니다.
독서라는, 이 위대한 인간 고유의 활동은 모든 것을 가능하게 만들어

줍니다. 보지 못한 것, 갈 수 없는 곳 모두 독서를 통해 인간에게 간접적인 체험을 할 수 있게 도움을 주고 있지요. 물론 직접 보고, 듣고, 느낄 수 있는 것만큼 좋은 경험은 없을 것입니다. 독서가 우리에게 정답을 제시해주진 못하지만, 정답에 다가갈 수 있는 방향을 제시하고 있다는 것을 절대 잊지 말아야 합니다. 특히 미래를 준비해 가는 청소년 여러분에게 굉장히 중요한 활동이 될 겁니다.

시간이 흐를수록 여러분이 들고 있는 책은 점점 문제집으로 변해가고 말 것입니다. 안타깝게도, 대학생들도 교양서적보다는 전공 서적과 영어문제집을 더 많이 보아야 하는 '요즘 세상'입니다. 그러니 조금이라도 여유가 있을 때, 그 여유를 마음의 양식으로 채워나갈 수 있기를.

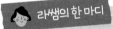
라쌤의 한 마디

밥을 먹으면 살이 풍성해지지만, 책을 읽으면 삶이 풍요로워집니다.

'다짐'을 해봐,
'다 이길' 거야

○

야구계 명언 중 많은 이들이 잊지 못하는 몇몇 말들이 있습니다. '야구는 9회 말 투아웃부터' '떨어질 팀은 떨어진다' 등. 그리고 그 어떤 표현보다 위대하고 대단한 표현이 있으니, 그것은 바로 '끝날 때까지 끝난 것이 아니다!'

전국에 있는 많은 학교가 3월이 되면 스포츠클럽 대회를 시작합니다. 학교마다 방식이나 규칙은 다르겠지만, 스포츠클럽은 점점 활성화되어가고 있습니다. 학교는 공부만 하는 곳이 아니다! 모든 학생이 함께 뛰놀 수 있는 정말 좋은 프로그램이란 생각이 듭니다.

새롭게 1학년 신입생들의 담임이 되고 둘째 주! 우리 학교도 한 해 동안 꾸준히 스포츠클럽 활동이 이어집니다. 우리 반 친구들의 경기가 있던 날, 첫 경기에 대한 승부욕이 어마어마해 보였습니다.

"쌤! 축구가 뭔지 가르쳐주고 올게요!"

"눈 감고 뛰어도 저희가 이겨요!"

"농구팀은 다리 한쪽만 쓰겠습니다!"

자신감이 넘치는 녀석들에게 꼭 이기고 돌아오라며 힘을 불어넣어 줬지만, 마음 한구석엔 불안함이 가시질 않았습니다. 당연히 저도 사람이라 우리 반 아이들이 엄청난 팀워크를 자랑하며 가볍게 상대를 제압하는 모습을 보고 싶긴 했습니다. 그렇게 되면 참 좋겠지만, '경기에서 패배하면 이 녀석들이 얼마나 좌절하고 슬퍼할까' 하는 걱정도 들었죠. 더불어, 지나친 승부욕으로 다치거나 싸우는 일이 있으면 어쩌나 하는 염려도 있었습니다.

축구와 농구 경기 둘 모두를 볼 수 없었던 저는 규칙을 조금 더 잘 아는 축구 경기를 보기로 했습니다. 심판의 휘슬과 함께 시작된 첫 경기. 시작한 지 5분도 지나지 않아 선제골을 내어 주는 것을 보며, '아직 몸이 덜 풀렸겠지'라며, 응원을 멈추지 않았습니다. 그리고 또 5분 뒤, 또다시

골을 내어 주는 것을 본 뒤에는 몸을 돌려 교무실로 향했습니다. 마음이 아팠거든요. 더는 볼 수가 없었습니다.

점심시간이 끝날 즈음 우리 반 친구들을 위로하기 위해 교실로 간 저는 몇몇 아이들이 하는 말을 듣게 되었습니다. "쌤! 축구 이겼어요!" 얘가 안 그래도 열받는데 누굴 놀리나. "진짜 이겼어요!" 정말이었습니다. 3대 2 역전, 펠레 스코어, 이것이 바로 드라마! 심지어 농구도 2학년 강팀과 붙어 12대 12 동점으로 경기를 마쳤다는 소식까지 듣게 되면서 저는 정말 감탄과 경악을 금할 길이 없었습니다. 심지어 경기를 뛴 몇몇 친구들은 이런 말도 했습니다. "쌤이 이기라고 해서 진짜 이겼어요!"

학생들보다 오래 살았고 더 많이 안다 생각하며 겸손하지 못했던 자신을 반성했습니다. 물론 야구가 아닌 축구와 농구였지만, '끝날 때까지 끝난 것이 아니다'라는 명언을 실감케 해준, 그리고 함께 응원해준 우리 반 모든 친구에게 감사의 말을 전했습니다.

그날 이후 새롭게 만나는 친구들과 헤어지는 그날까지, 아니 헤어진 이후까지도 그들을 위해 많은 노력을 해야겠다는 다짐을 하게 되었습니다. 끝날 때까지 끝난 것이 아닌데, 인연이란 녀석은 절대 끝나지 않을 테니 말입니다.

지금 이 순간에도, 누군가는 당신을 응원합니다. 내일도, 모레도, 글피도, 다음 주에도, 다음 달에도, 내년에도.

 라쌤의 한 마디

널 응원하는 것만큼은, 누구에게도 안 질 자신 있어!

내가 화났다고 해서
널 사랑하지 않는 건 아냐

○

3월은 새 학기, 새 학년이 시작되기에 특별한 행사가 없어도 하루하루 설레는 마음으로 가득 채우기 충분한 달입니다. 그런데 하필이면! 3월엔 그 어떤 행사보다도 중요하고, 설레며, 오랜 준비가 필요한 하루가 있죠.

화이트데이! 우리나라에선 화이트데이가 '밸런타인데이 때 초콜릿을 받은 남성이 여성에게 사탕을 선물하는 날'로 인식되고 있습니다. 맞나요? 그럼, 난? 못 받으면 못 주는 건가? 물론 저는 초콜릿을 그다지 좋아하지 않습니다. 그래서 해마다 2월에 밸런타인데이가 오면 집 밖으로 안 나가는 편입니다. 거부하는 거죠. 초콜릿을.

문득 사촌 여동생과의 전화 통화가 생각납니다. 다른 친척 중에서도 워낙 친하게 지내던 동생이었는데, 그날따라 남자친구 흉을 심하게 보는 겁니다.

"오빠, 걔는 진짜 왜 그러는지 모르겠어. 걸핏하면 화만 내고 정말 짜증 나!" 이렇게 시작된 이야기는 한 마디 한 마디 내뱉을 때마다 그 강도가 세지고 있었습니다. 더는 답변해 주기가 어려워질 지경에 이를 무렵, 다행히도 먼저 기다리던 말을 들을 수 있었습니다.

"오빠, 나 이제 나가봐야 해!"

"어디 가는데?"

"아, 남친이랑 저녁 먹기로 했어. 엄청 비싼 곳이래. 참, 오빠 오늘 어디 안 가?"

정말 어이가 없었죠. 실컷 욕을 하더니만, 그래도 남자친구와 데이트를 하기 위해 나가야 한다는 동생의 그 한 마디는 웃기면서도 슬픈, 할리우드 영화급의 반전이었답니다.

그런데 사실, 생각해보면 이건 그리 심각한 반전은 아닙니다. 세상 사람 감정의 대부분이 그러하기 때문입니다. 내가 사랑하는 사람이 아무리 내게 상처를 주더라도, 쉽게 그 사람을 미워하거나 싫어할 수 없는 인간의 심리라고나 할까요? 부모님이 날 혼내시거나, 친구들과 조금 다

튕었다고 해서 그 사람과의 관계가 달라지진 않습니다. 사촌 동생이 정말 뻔뻔해 보였지만, 그래도 참 다행이었습니다.

살다 보면, 많은 이들과 크고 작은 갈등을 겪게 될 됩니다. 모든 이들의 생각과 감정이 같지 않기에, 의견 충돌은 충분히 일어날 수 있습니다. 그런데 가끔 친구들의 모습을 보면, 단 한 번의 다툼으로 아예 인연을 끊어버리는 경우가 있더군요.

심지어 '절친'으로 지냈던 사이임에도, 어느 날부터 말도 안 하고 모르는 사람처럼 지내기도 합니다. 우리 친구들 사이에선 소위 '쌩깐다'라는 표현을 쓰기도 하는데, 각자의 솔직한 마음을 들여다보면 양쪽 모두 관계를 예전으로 돌리고 싶어 하는 경우가 태반이더라고요. 다만, 사과하고 용서를 청할 용기가 없을 뿐이죠. 누군가 내게 화를 낸다고 해서, 그 사람을 미워하진 마세요. 그 사람은 이렇게 말하고 싶어 할지도 몰라요.

라쌤의 한 마디

내가 화났다고 해서, 널 사랑하지 않는 건 아니야.

공부 잘하는 방법

○

여러분은 방과 후 어떤 삶을 살고 있나요? 다들 각자의 삶을 살고 있겠지만, 대부분 비슷한 형태의 시간을 보내고 있을 거라는 생각이 듭니다. 문득 제 고3 시절이 떠오르네요. 같은 하루를 반복해야 했던, 서글픈 과거가….

'저녁도 먹었으니 오늘은 공부 좀 해 볼까' 하는 생각으로 7시, 독서실에 도착! 자리에 앉아 당일 공부할 것들을 잘 꺼내 놓지요. 그런데, 책상에 먼지가! 책상 정리를 하다 보니 어느덧 7시 30분. 이제 비로소 공부해 보려 합니다. 앗, 그런데 수학쌤이 숙제로 내주신 문제 풀이가 생각납니다. 풀이를 위해선 당연히 시험지가 있어야겠지요. 가방을 뒤지고,

책꽂이를 뒤지다 보니 시간이 훌쩍 갑니다. 어느덧 8시. 잠시 화장실에 갔다 물 한 잔을 마시고 나니 8시 30분. 이젠 진짜 공부를 하려 합니다. 오늘 저녁엔 맛있는 고기반찬이 나와서 밥을 좀 많이 먹었습니다. 그래서일까요? 잠이 옵니다. 슬슬 눈이 감깁니다. 잠깐 눈 좀 붙이고 일어날까? 그리고 그 잠깐이 한 시간, 두 시간이 되지요. 결국 집에 갈 시간. 그리고 독서실을 나서면서 드는 생각. '아, 오늘도 공부 많이 했다!'

사실 공부 잘하는 방법은 딱히 없습니다. 사람마다 성격이 다르고, 능력이 다르니까요. 모두가 같은 방법으로 같은 성과를 낼 수 있다면 우린 대학에 대한 걱정을 전혀 할 필요가 없을 겁니다. 그럼에도, 모두에게 통용될만한 요령 한 가지를 말씀드리려 합니다.

그것은 다름 아닌 '계획 세우기'!

뭐야. 너무 뻔한 얘기 아냐? 그렇더라도 한번 해 보면 안될까…?

우선, 한 달 치 계획을 세워봅니다. 그 안에 공부만 들어있는 건 아닙니다. 수행평가도 있을 테고, 책도 읽어야 할 테고, 동아리 활동도 있을 테니. 한 달 계획을 세우면 그 후엔 일주일, 그 후엔 하루 계획을 세우는 것이지요. 여기서 중요한 부분! 일주일 중 하루, 뭐 토요일이나 일요일의 계획은 비워놓아야 합니다! 왜 그럴까요? 주중에 지키지 못한 부분들을 그때 채워놓아야 하기 때문이지요.

계획은 약간 무리하게 세우는 것이 좋습니다. 너무 쉬운 계획은 나태함으로 이어질 수 있기 때문이지요. 그러니 조금 과하다 생각될 정도로 계획을 세우시고, '여유로운 날'을 이용하여 부족한 부분을 채워봅시다. 그리고 공부의 양을 정할 때는 시간이 아닌, 말 그대로 '양'으로 세우셔야 합니다. 오늘은 '수학 한 시간!'이 아닌, '오늘은 수학 몇 번부터 몇 번까지'와 같이 구체적으로 계획을 잡아놓아야지만 효율적인 운영이 가능합니다. 우린 공부를 하며 머릿속으로 축구도 하고, 상상 속에서 연예인과 데이트도 하며 쓸데없이 시간을 보내곤 하니까요.

부디 여러분의 일분일초가 100퍼센트 가치 있게 쓰이길 바랍니다. 모르면 담임쌤을 찾아가서 도와달라고 이야기해봐요!

 라쌤의 한 마디

사실 공부법이란 건 정해진 게 없습니다.
공부 못 하는 사람이 어디 있어, 안 하는 거지!

탓

○

고3 담임을 맡게 된 해, 한 가지 걱정거리가 생겼습니다. 언제부턴가 '9시 등교'로 등교 시간이 바뀌었는데, 수능시험 날은 8시 10분까지 입실해야 하기 때문이었죠. 평소에 8시 10분부터 공부하는 습관을 기르는 것이 더 도움이 되지 않을까 하는 생각이 들어 학급 친구들에게 제안을 했습니다.

"너희가 8시 10분까지 온다면, 나는 매일 8시 전에 출근하겠다!"

불평, 불만을 쏟아 내리라 생각했는데, 오히려 우리 반 친구들은 반기는 분위기였습니다. 고3이 되니 수능에 대한 부담이 있었는지, 다 같이 잘해보자는 찬성의견을 내주었죠. 다음 날 저는 일찍 학교에 도착했습니다. 커피 한 잔 마시고도 8시가 되려면 한참 남은 여유로운 시간이었습니다. 반 친구들도 한두 명을 제외하고는 모두 8시 10분 전에 도착! 뭔가 활기찬 한 해를 보낼 수 있을 거란 생각이 들었습니다.

그리고 다음 날! 고작 이틀 만에 저는 늦잠을 자고 말았습니다. 일어나니 시간은 7시 25분! 저도 모르게 욕설을 내뱉고 후딱 샤워를 마쳤습니다. 그런데 전날 넣어놓은 빨래가 아직도 마르지 않았습니다. 드라이기로 말리고 별의별 짓을 다하던 중 서랍에 넣어 둔 옷가지가 생각났습니다. 정말 가지런히 잘 정리해서 넣어놨는데, 왜 굳이 넣어놓은 빨래를 입으려고 했을까요. 우여곡절 끝에 나갈 채비를 하고 대문 밖을 나섰을 때! 엘리베이터가 막 우리 집 층을 지나가고 있었습니다. 지하 1층까지 내려간 엘리베이터는 24층까지 올라간 후 다시 내려왔습니다.

아침부터, '난 정말 최악이야'라는 혼잣말을 중얼거리며 차에 올라탔습니다. 그래도 얼추 8시 전엔 도착할 수 있겠다고 생각하며 운전을 하는데, 갑자기 제 앞에서 좌회전 신호가 뚝 하고 끊기는 것이었습니다! 게다가 이상하게도 그날따라 자꾸만 빨간 신호에 걸렸습니다. 잠깐 가다 멈추고, 또 가다 멈추고를 반복해야만 했죠. 시청에 민원을 넣어 신호체계를 바꿔달라 요구해야겠다는 생각도 했습니다.

학교 정문을 통과한 시간은 7시 58분! 그래도 어찌 되었든 간에, 8시 전엔 도착한다는 목표를 달성하긴 하겠구나 하던 찰나, 마음이 급해서 그런지 주차하는데 자꾸만 라인을 벗어나고…. 결국 교무실에 들어온 시간은 8시 1분! 1분을 초과한 시간이었습니다. 후, 짜증! 하루밖에 되지 않았는데.

점심 급식을 먹고 나니 그나마 좀 안정이 되었습니다. 그리고 생각을 해 보았죠. 오늘 아침 나에게 짜증을 주었던 모든 일은, 사실 제가 늦잠을 자는 바람에 벌어진 일이라는 생각이 들었습니다. 좀 더 일찍 일어났다면 엘리베이터나 신호 등의 지연은 '지연'이 아닌 '여유'가 될 수 있지 않았을까. 늘 깨어서 준비하고, 미리 준비하는 부지런한 여러분이 되길 바랍니다. 저도 아침에 일찍 일어나 일찍 나올 수 있도록 모범적인 교사가 되어볼게요!

 라쌤의 한 마디

'머피의 법칙', '가는 날이 장날'
이런 표현들은 사실 스스로가 만들어낸 핑계일 뿐!

朋信!

믿음 있는 벗이 되자!

○

초등학교에 다니던 시절에(사실은 '국민'학교로 부르던 시절에) 담임 선생님이 '가훈'을 알아 오라는 숙제를 내주셨습니다. 집에 가면 액자에 걸려있을 거라고 하셨는데, 우리 집 액자엔 사진뿐, 어떤 글자도 적혀 있지 않았어요. 그래서 퇴근하는 아버지를 간절히 기다렸습니다. 문을 열고 들어오시는 아버지를 보자마자, "아빠! 우리 집 가훈이 뭐예요?"라고 물었지요.

"저녁 먹고 알려줄게."

지금은 알고 있습니다. 아버지는 씻고, 옷을 갈아입고, 저녁 식사를 하는 내내 우리 집 가훈을 만들고 계셨단 걸. 한 시간 동안 급하게 만들어진 우리 가훈은 이랬습니다. '포기하지 말고 최선을 다하자'. 어린 제 머리에 매우 깊이 각인된 그 문장은 몇십 년이 지난 지금까지도 지워지지 않았습니다. 여전히 전 무언가를 쉽게 포기하지 않습니다!

급훈은 학급의 학생들이 회의를 통해 정하기도 하지만, 저는 늘 급훈만큼은 직접 정하고 싶어 매년 3월 즈음이면 머리를 싸매고 고민합니다. 담임의 '학급 경영철학'이 담겨 있는 메시지라는 생각이 들더라고요. 목표를 담고, 급훈을 보며 하루하루 그 목표를 달성하기 위한 노력을 하게 되는 것이지요.

처음으로 중학교에서 교사 생활을 시작했을 때, 첫 급훈은 '헌.신.발'이었습니다. '헌신, 신의, 발전'의 첫 글자를 따서 급훈을 정했지요. 나름 신박하다고 생각했는데, 지금 떠올려보니 참 오그라드는 급훈입니다.

지금 근무하고 있는 고등학교에 처음 왔을 때 급훈은 '통通'이었습니다. 그 이름을 따 교내 토론대회 이름을 '통통통 토론 한마당'으로 정하기도 했습니다. 통통통. "소통, 능통, 정통한 인재로 성장해 나간다!"이러한 목표로 한 해를 살았던 기억이 납니다. 더불어서 '밥통,' '쓰레기통'에 쓰이는 '통'이라는 글자처럼 뭔가 하나로 담아낸다는 의미도 부여하고 싶었지요.

3학년 담임이 되었을 땐, 정말 오랫동안 급훈을 고민했습니다. 뭔가 써먹을 만한 급훈은 다 써먹었던 것 같아서 정말 새로운 급훈을 찾고 싶었습니다. 그렇게 몇 주간 고민한 끝에 결정한 급훈은 다름 아닌 '京'이었습니다. 어떤 한자인지 아시죠? '서울 경'자입니다. 많은 친구가 흔히 말하는, 'in 서울'을 달성하길 바라는 마음도 당연히 들어가 있었습니다. 그렇지만 이 '서울 경'이라는 한자 안에는 '크다, 성하다', '높다', '가지런하다'라는 의미도 있습니다. 우리 아이들이 사회라는 큰 세상으로 발을 내딛게 될 때, 정말 크고 성하고 높은 위치에서, 세상을 움직일 수 있는 인재가 되길 바라는 마음을 담았답니다.

그렇지만 여러 급훈 중에서도 가장 기억에 남는 우리 반 급훈은 '붕신'입니다! 벗 붕勝에, 믿을 신信! '믿음이 가득한 벗이 되자'라는 의미로 이런 급훈을 정했는데, 놀랍게도 그해 우리 반은 '트리플크라운'을 달성했습니다. 다름 아닌 체육대회 우승, 시험 1등 그리고 분기별로 선정하는 베스트 클래스를 모두 달성했던 것이죠. 그게 다 학급 구성원들이 믿음을 가지고 한 해를 살아갔기 때문이라 생각하고 있답니다. 정말이지 급훈은 중요하다!

그나저나 여러분은 어떤 마음으로 한 해, 한 해 살아가고 있나요? 급훈은 단순히 교실 환경미화를 위해 걸어놓는 것은 아닌 듯합니다. 하필이면 칠판 위에, 여러분 시선에 늘 머물러 있는 이유가 있지 않을까요?

한 학급의 일 년 목표가 되는 급훈처럼, 여러분도 가슴 속에 한 해의 목표를 새기고 살아보기를!

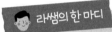 라쌤의 한 마디

참고로 선생님의 가슴 속 문구는! '내일 걱정은, 내일모레!'

봄보로봄보봄봄,
봄보로봄봄봄

○

3월 중순이 지나면, 조금씩 봄기운이 살결에 느껴지곤 합니다. 피부에 닿는 기운이 그리 차갑지 않게 느껴질 때, 비로소 봄이 왔음을 실감하게 되지요. 조금만 지나면 온 세상이 하얗게, 노랗게 알록달록한 빛깔로 물들겠구나. 계절의 변화가 가장 크게 느껴지는 시기가 바로, 봄인 것 같습니다.

언젠가 우연히 선생님들과 대화를 하다가 재미있는 이야기를 듣게 되었습니다. 그것은 '아프리카는 원래 잘 사는 동네였다!'라는 것이었는데, 대화의 꼬리를 잘 따라가다 보니 정말 그런 것 같았습니다. 예전, 지금처럼 과학기술이 발달하기 전에는 아프리카가 지금처럼 살기 힘든 곳은 아니었다고 합니다. 먹고사는 데 전혀 문제가 없었던 거죠. 자연이 가져다주는 풍족한 식량들이 있기에, 아프리카 사람들은 어려움 없이 삶을 영위할 수 있었고 오히려 삶을 '즐기며' 살았다고 합니다. 그렇지만 그것은 한계가 있었습니다. 인구가 늘어나고 식량은 줄어들면서 먹고사는 일에 어려움이 생겨난 것이지요. 그렇게 자연스레 다소 어려운 삶을 영위하는, 지금 아프리카의 모습을 갖추어가게 되었답니다.

한편, 유럽의 여러 나라는 추운 날씨 때문에 아프리카 사람들처럼 자연에서 무언가를 얻어내기 힘들었습니다. 영국 같은 나라는 양털이나 수출하며 어렵게 나라의 경제를 유지하는 곳이었습니다. '빈국'에 가까운 곳이었지요. 그런 영국에서 산업혁명이 시작되었다는 것, 여러분도 잘 알고 있죠? 고난이나 시련이 있기에, 그 어려움을 극복하기 위한 노력을 하게 된 것입니다.

살아야 하기에!

21세기를 살아가는 지금, 경제적으로 안정을 취하고 있는 나라 대부분은 '겨울'이 있는 나라라고 합니다. 일 년 내내 날씨가 따뜻하기만 했다면, 아프리카 사람들처럼 일의 필요성을 느끼지 못했을 것입니다. 풍족하면, 부족함을 채우기 위한 노력을 할 필요가 없겠지요. 문학 시간에

현대 시 수업을 하면서 참 많이 등장하는 시어가 다름 아닌 '겨울'입니다. '겨울'이란 시어는 보편적으로 '시련'이나 '고난'을 의미합니다.

그런데 특이하게도, 시적 상황에 따라 화자가 취하는 태도는 가지각색입니다. 좌절하거나 슬퍼할 수도 있지만, 그 고통을 이겨내기 위한 의지, 노력을 보이기도 합니다.

봄입니다. 봄은 가만히 찾아오는 듯하지만, 겨울이라는 차디찬 계절을 겪어야만, 그 겨울을 극복해야만 만날 수 있는 소중한 시간입니다. 겨울날 단단했던 얼음을 녹이는 건 여름이 아니에요. 새로운 시작은, 그 어떤 것보다 뜨거운 봄기운이 전해줍니다.

🧑 라쌤의 한 마디

봄의 진정한 가치를 실현하기 위해서 우린 누구보다 뜨거워야 합니다.
안 그러면 여전히 겨울일지도 몰라!

야, 이 XX야!

○

스무 살 때, 정말 저를 잘 챙겨주던 형이 있었습니다. 같은 성당에서 초등부 주일학교 교사를 함께 한 형님이었는데, 술도, 밥도 많이 사주었죠. 제게 '음주문화'를 진정으로 알려준 사람이라고 할 수 있습니다. 심지어 군 복무할 때 휴가를 나오면 항상 소고기, 참치회 등 비싼 보양식도 빠지지 않고 챙겨주던 정말 감사한 형님입니다.

전역할 즈음, 우리 집이 서울에서 경기도로 이사를 했습니다. 자연히 성당도 옮기게 되었고, 서울에 있는 옛 동네에는 갈 일이 거의 없어졌어요. 그 형님께 연락하는 일도 차츰 줄어들게 되었지요. 한동안 '잊고' 지냈습니다.

1학년 3반 종례신문

거의 7, 8년을 연락 없이, 서로의 소식을 모른 채 살았습니다. 그러던 어느 날 형님과 같은 동네에 살던 철호에게 전화가 한 통 왔습니다.

"○○형 결혼해요, 올 거죠?"

결론부터 말하자면, 전 형님의 결혼식에 가지 못했습니다. 그간 연락을 못 드린 것이 너무 죄송했기 때문이었어요. 갔어야 하는 건데, 용기가 안 났습니다. 그냥 잊고 지내야겠다, 그렇게 생각했어요. 이후 철호를 비롯한 몇몇 친구들과 술자리를 갖게 되었는데, 다짜고짜 철호가 절 놀린다고 그 형님께 전화를 걸어서 다짜고짜 바꿔주는 겁니다. 정말이지 당황했지만, 침착하게 말을 했습니다.

"형님, 그간 연락드리지 못해 죄송합니다."

평소 거친(?) 성격의 소유자인 형님이기에 분명 욕부터 할 것이라 생각했고, 정말 당연하다는 듯이 욕을 들었습니다. 하하. 그런데 기분 나쁘지 않은, 굉장히 친숙하며 온기가 전해졌고, 이어지는 답도 정말 아름다움이 가득했습니다.

"너 없으니까 술 먹을 사람이 없잖아! 야, 이 XX야. 빨리 날이나 한번 잡아봐."

쓸데없는 걱정을 했습니다. 저의 지난 삶이 정신없이 흘러갔을 거라는 걸 다 알고 있었고, 본인도 먼저 연락하지 못해 미안하다는 말을 제게 했습니다. 사람과 사람의 인연은 그리 쉽게 끊어지는 것이 아닌데, 제가 경솔했던 것 같습니다. 우리도 많은 사람과 함께 지내다 보면 실망을 할 때도, 실망을 줄 때도 있을 겁니다. 그렇다고 해서, 서로에게 이어진 연결고리가 그리 쉽게 끊어지진 않을 거라고 생각해요. 생각보다 굉장히 단단하게 이어져 있거든요.

문득 우리 반 아이들이 생각납니다. 이 친구들에게 꼭 해주고 싶은 말이 있거든요. "내 욕은 굉장히 따스함이 담겼어. 알고 있지, 다들?"

 라쌤의 한마디

스쳐 지나간 인연이라고? 그 사람한테 연락은 해본 거야?

코로나가 내게 준 것

○

생각해보면 저는 성격이 좋은 사람은 아니었습니다. 어렸을 때부터 어른들에게 대들고, 형들이랑 싸우고, 축구 시합만 하면 전투를 하고, 쉽게 화를 내고, 쉽게 불만을 갖는 모난 성격의 소유자였죠. 조심하세요, 다들. 잘못 걸리면….

군에서 만나 정말 친형제처럼 지내게 된 동생에게 연락이 왔습니다. "형, 진짜 미안한데 돈 좀 빌릴 수 있을까…" 헬스 트레이너였던 녀석은 코로나로 인해 헬스장이 문을 닫게 되면서 자연스레 실직자가 되었습니다. 결혼을 앞두고 있던 녀석은 택배 새벽 배송 기사로 일하고 있는데, 그마저도 사람들이 너무 몰려 일감을 따내기가 쉽지 않다고 했습니다.

코로나 사태 이후 '혼자' 지내는 시간이 참 많아졌습니다. 사회적 거리두기라는 명목으로 주변 지인들과의 만남을 줄여야 했고, 그러다 보니 자연스레 혼자 지낼 수 있는 시간이 늘어났죠. 여러분은 혼자 있을 때 뭐해요? 그전까진 여유를 즐기기 위해 영화도 보고, 못 본 드라마도 챙겨보고 이것저것 할 수 있는 게 많았습니다. 그러나 이번엔 다른 무언가를 시도해보았습니다. 전, 새로이 '걷기'를 시작했습니다! 마스크를 끼고, 집 주변을 걸어보았죠.

혼자가 되어서야 비로소 스스로를 돌아볼 수 있었습니다. 그러면서 긍정적인 삶의 필요성을 생각해보게 되었죠. 알고 보면 참 행복한 삶이었습니다. 집이 있고, 출근할 수 있는 직장이 있는 것만으로도 충분히 행복한, 아니 행복해야만 하는 삶이구나. 무엇보다, 지금 주어진 이 시간이 '여유'로 느껴진다면, 그것만으로도 정말 감사해야 한다는 걸 알았습니다.

우리가 모르는 사이에 수많은 사람이 직장을 잃고, 삶의 터전을 잃고, 갈 곳을 잃어가고 있었거든요. 여러분의 삶은 어떤가요? 만족스럽나요? 출발 시간을 보고 나서야 그 기차가 떠났다는 것을 알게 되는 기차표처럼, 삶은 우리에게 뒤늦게야 그 순간의 의미를 알려줍니다.

그 의미를 알고 나면 돌이키는 게 이미 늦었다는 사실도 함께 알게 되죠. 아무 때나 신경질을 내던 성격은 이제 버렸습니다. 불만을 갖기엔, 꽤 괜찮은 우리 삶입니다.

 라쌤의 한 마디

매 순간을 소중하게 다루어야만 하는 이유,
감사할 일이 너무 많은 세상이기 때문입니다.

4월

여러분에게 제가 정답에 가까운 답을 내고 있는지 잘 모르겠습니다.
하지만 분명한 것은 여러분의 삶에도 그만큼 수많은 시험이
기다리고 있을 테고, 그 시험은 대충 찍고 넘어가기엔 너무나도 소중하고
가치 있는 것이라는 점입니다.

여러분은 반드시 그 답을 풀어내야만 하며, 충분히 잘
헤쳐나갈 수 있는 능력이 있습니다.
그러니, 벼락치기 금지!

거짓말 같은 세상

○

4월 1일. 잘 알고 있듯, '만우절'입니다. 기억에 남는 거짓말이 있나요? 학창 시절, 옆 반 아이들과 단체로 교실을 바꾼 후 수업에 들어오는 선생님들을 기다리고 있었는데, 놀랍게도 선생님들이 반을 바꿔 들어오셨던 기억이···. 역시 한 수 위. 심지어 어떤 선생님은 다른 동료 선생님을 놀린다고, 교복을 입고 교실에서 자기 반 학생들과 수업을 함께 들은 분도 계셨습니다.

재밌으려면 한없이 재미있을 수 있는 예쁘고 귀여운 추억을 만들 수 있는 그런 날이지만, 만우절 때문에 소방서에서 일하는 분들은 장난 전화로 고생을 많이 한다고 합니다. 즐거운 이벤트를 악용하는 사람들이 있어 안타까운 날이기도 합니다.

제 친구 중 4월 1일이 생일인 녀석이 있습니다. 만우절에 태어난 대학 동기 '김진승'을 소개할게요. 진승이가 태어났을 때 병원 의사 선생님은 "딸입니다."라는 거짓말을 했다고 합니다. 그때부터였을까요. 이 친구의 삶을 들여다보면 정말 거짓말처럼 인생을 살고 있음을 알 수 있습니다. 대학생 때를 생각해보면 이 친구 덕분에 많은 추억을 가질 수 있기도 했죠.

진승이는 지금 경기도 포천에서 교사 생활을 하고 있는데, 평소 그의 생활 모습을 아는 사람들은 이렇게 말합니다. "진승이도 선생님 하는데, 나도 할 수 있겠네!" 하지만 사실 녀석은 거짓말처럼 공부를 잘했습니다. 맨날 방탕한(?) 생활을 하고 공이나 차면서 노는 데도, 학점은 누구보다 우수했습니다. 심지어 한 번은 (정말 창피한 일이지만) 제가 진승이의 답안지를 보고 베껴서 제출한 적이 있는데, 이상하게 진승이는 A+, 저는 C+를 받은 적도 있었습니다.

이해할 순 없었지만, 진승이는 학점이 좋았습니다. 공부도 그만큼 잘했었지요. 가끔 바보같이 말할 때도 있고, 공감 능력이 부족해 보일 때도 있거든요. 그런데 알고 보면 누구보다 사람을 섬세하게 잘 챙겨주는 마음 따뜻하고 자상한 녀석이기도 합니다. 아마 지금 근무하고 있는 학교에서도 학생들과 사랑을 듬뿍 주고받는 중일 겁니다.

진승이는 자기 생일마다 천하제일 무'술'대회를 열곤 했는데, 사람들은 그때마다 "뭐 저런 XX가 다 있어!"라고 했습니다. 저도 그랬습니다. 그런데 거짓말처럼 그 대회에 참석하고 있는 저를 발견할 수 있었지요. 놀라웠습니다. 거의 술집을 통째로 빌려야 할 정도로 많은 인원이 그 자리에 참석했습니다. 그만큼 평소에 많은 사람이 아끼는 존재였다고 할 수 있겠죠(이 행사는 10년이 지난 지금도 매년 이어지고 있습니다…).

가끔은 부럽습니다. 많은 이에게 즐거움과 추억을 안겨줄 수 있는 그런 사람, 인생을 즐길 수 있는 그런 사람이 되고 싶은 마음은 누구나 가지고 있을 테니까요. 거짓말 같을 수 있지만, 여러분도 충분히 그런 사람이 될 수 있습니다. 막(?) 살라는 이야기가 아닙니다. 술을 많이 마셔야 된다는 말도 아니고요.

슬픔보단 기쁨을, 고통보단 행복을 추구하며 살아보자는 말입니다!

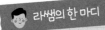
라쌤의 한마디

기쁨과 행복을, 나누려고 애써보세요.
늘 주변에 사람이 가득할 겁니다.

사이의 미학

○

"우리 사이는, 초록 사이다!" 한때 사이다 광고 중 이런 문구가 있었습니다. 지금은 없어진 걸로 알고 있지만, 아무튼 이 광고는 정말 인상 깊었습니다. 지금도 기억에 남아 있는 걸 보면 말이에요. 생각해보면 우리는 정말 많은 '사이'에 놓여 있습니다.

연암 박지원의 《낭환집서》에 보면, 이런 이야기가 있습니다. 황희 정승이 나랏일을 마치고 돌아오자 그 딸이 맞이하며 물었답니다.

"아버님께서는 이(머리 안 감으면 생기는 그 벌레!)를 아십니까? 이는 어디서 생기는 것입니까? 옷에서 생기지요?"

"그렇단다."

대답했더니 딸이 웃으며, 이렇게 소리쳤습니다.

"내가 확실히 이겼다."

그러자 이번에는 며느리가 묻기를,

"이는 살에서 생기는 게 아닙니까?"

"그렇고말고."

며느리가 웃으며, 이렇게 말했습니다.

"아버님이 나를 옳다 하시네요."

생각해보면 반드시 둘 중 한 가지만 정답일 것 같은데,

황희 정승은 그 두 가지가 모두 맞다고 한거죠.

이를 보던 황희 정승의 부인이 화가 나서 말했습니다.

"누가 대감더러 슬기롭다고 하겠습니까? 논쟁을 하는데 두 쪽을 다
옳다 하시니."

그러자 정승이 빙그레 웃으며 대답했습니다.

"딸아이와 며느리 둘 다 이리 오너라. 무릇 '이'라는 벌레는 살이 아니
면 생기지 않고, 옷이 아니면 붙어 있지 못한다. 그래서 두 말이 다 옳은
것이니라. 그러나 장롱 속에 있는 옷에도 이가 있고, 너희들이 옷을 벗
고 있다 해도 오히려 가려울 때가 있을 것이다. 땀 기운이 무럭무럭 나
고 옷에 먹인 풀 기운이 푹푹 찌는 가운데 떨어져 있지도 않고 붙어 있
지도 않은, 옷과 살의 중간에서 이가 생기느니라."

우리는 이상하게 한쪽에 치우쳐서 생각하려는 경향이 있습니다. '모 아니면 도'라는 식의 생각은 가끔 일을 그르치게 만들기도 합니다. 내 말이 무조건 진리인 양 타인의 의견은 모두 오답으로 치부해버리는 경우가 있지요. 아이러니하게도, 그러한 생각이 지금 우리 사회를 이끌어가는 '정치'의 논리가 되어버렸습니다.

사이의 미학, 다름 아닌 '중용'입니다. 나의 논리는, 타인의 논리를 받아들이는 데에서 시작해야 하는 것이지요. 모두의 의견을 공감하고 이해하는 세상, 너무 이상적입니까?

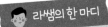 라쌤의 한 마디

"너무 이상적인 거 아냐?"
"이상적인 게 이상한 거야? 그게 더 이상해."

참치마요,
참지마요

○

왜 나는 조그만 일에만 분개하는가

저 왕궁 王宮 대신에 왕궁의 음탕 대신에

오십 원짜리 갈비가 기름덩어리만 나왔다고 분개하고

 옹졸하게 분개하고 설렁탕집 돼지 같은 주인년한테 욕을 하고

옹졸하게 욕을 하고

(…)

김수영의 시 <어느 날 고궁을 나오면서>의 첫 연입니다. 약자에겐 강
하고, 강자에겐 약한 우리의 모습이 얼핏 보이는 듯합니다. 저도 그렇습
니다. 정작 이야기하고, 분노하고, 화를 내야 할 상황에선 조금 웅크리

고, 또 뒤로 숨진 않았나 반성합니다.

4월 19일은 '대한민국이 대한민국이 된 날'이라고 불러도 무방할 만큼 참 위대한 날입니다. 1948년부터 1960년까지 여러 불법적인 개헌을 통해 12년간 장기 집권한 정권이 있었습니다. 그리고 1960년 3월 15일, 제4대 대통령을 선출하기 위해 실시한 선거에서 당시 여당은 수많은 부정선거를 저질렀습니다.

대한민국의 국민은, 결코 가만히 있지 않았습니다. 마산에서 시민들이 그리고 학생들이 부정선거에 대한 격렬한 시위를 벌였고, 이에 대한 강제 진압으로 인해 다수의 사상자가 발생하였다고 합니다. 이후 마산 시위에서 실종되었던 '김주열'군이 눈에 최루탄이 박힌 참혹한 시체로 발견됨으로써 분노한 시민들의 함성이 끝없이 이어지게 되었습니다. 결론적으로, 독재자는 물러나게 되었습니다. 대한민국이 민주주의 함성으로 물들었던 그 날, 많은 이들은 자리에 앉아 방관만 하고 있지 않았던 것입니다.

흔히 '4·19 정신'이란 말을 씁니다. 저는 그 말이 단순히 '민주주의를 위한 투쟁'이라고만 생각하지 않습니다. 도움이 필요한 이의 손길을 외면하지 않고 손을 잡아주는 것, 그것이 '4·19 정신'을 잇는 일은 아닐까

합니다. 화를 내본 적 있죠?

'우리 학교 급식은 왜 이렇게 맛이 없어!'

'난 용돈이 왜 이렇게 적어!'

혹시 이런 화만 내진 않았나요? 나만을 위한 화가 아니라, 정말 우리 반을 위해, 내 친구를 위해, 더 나아가 이 사회를 위해 외치는 '화'를 내보는 건 어떨까요?

라쌤의 한 마디

화내는 방법.

빙그레 웃으며 그자에게 다가간다. 그리고 할 말을 조곤조곤 말한다.

이게 바로 '빙쌍'.

롤

○

저는 게임을 정말 좋아합니다. 제가 초등학교 6학년 때 전국, 아니 전 세계를 열광시킨 '스타크래프트'라는 게임이 출시되었는데, 그때부터 진정으로 우리나라에 PC방 열풍이 생겼다고 해도 과언이 아닐 정도입니다. 게임 전문 TV 채널이 생겨났고, 프로게임 구단까지 만들어졌죠. 억대 연봉을 받는 유명 게이머들을 보며 새로운 꿈을 꾸는 친구들도 많아지기 시작했습니다.

여러분 중에도 PC방을 즐겨 찾는 이들이 참 많겠죠? 최근 몇 년간 꾸준히 인기 있는 게임 중에 '롤'이라는 것이 있습니다. 사실 전 '롤'은 전혀 모릅니다. 그런데 왜 제목이 '롤'이냐고요? 사실 이번에 이야기하고픈

'롤'은 'role'입니다. 똑똑한 여러분은 무슨 뜻인지 알겠죠?

1912년 4월 15일, 빙산과 충돌해 1,517명의 목숨을 앗아간 타이타닉호의 실제 이야기를 바탕으로 한 영화를 아나요? 당시 최고의 꽃미남 배우 레오나르도 디카프리오가 출연하여 더욱 화제가 되었던 영화이지요. 실제 같은 CG와 배우들의 뛰어난 연기, 아름답고 절절한 스토리가 더해져 전 세계적으로 엄청난 흥행을 했습니다. 영화관에서 보진 못했지만, 이후 관람이 가능한 나이가 되어 DVD가 없던 시절이라 비디오를 빌려 영화를 보았습니다. 왜 사람들이 이 영화에 열광했는지 절실히 느낄 수 있었습니다. 처음부터 끝까지 '아름다움'으로 가득 찬 영화더군요. 사랑이 갖는 힘이 얼마나 대단한지도 새삼 느낄 수 있었습니다.

그런데 사실 전 그 어떤 것보다도, 배가 침몰하기 직전까지 가톨릭 성가 151번(찬송가는 364장입니다!) "주여, 임하소서"를 연주하던 악단의 리더 '웰레스 하틀리'라는 사람이 가장 인상 깊었답니다. 모든 사람이 침몰하는 배 위에서 좌절하고, 슬퍼하고, 죽음에서 벗어나기 위해 발버둥칠 때, 오직 웰레스 하틀리와 그의 악단만은 마지막까지 자신들의 역할을 수행했습니다. 아름다운 타이타닉호의 평화로운 분위기를 자아냈던 그 음악을, 놀란 사람들의 마음을 진정시키고 안심시키기 위해 연주했던 것이지요. 자신들의 삶은 포기한 채 말입니다.

누구에게나 주어진 '역할'이 있습니다. 누가 보지 않아도, 확인하지 않아도, 내게 주어졌다는 것 자체로 우리는 그것에 충실할 필요가 있습니다. 그 어떤 역할도 소중하지 않은 것은 없기에, 우리는 가치 판단을 함부로 해선 안 됩니다. 사실 제 삶에도 주어진 여러 가지 역할이 있긴 합니다. 자식 역할, 형 역할, 친구 역할 등('남편'이나 '아빠' 역할도 있었다면 참 좋았을 텐데…). 그중 '선생님'이란 역할은 정말 소중하고 값진 '롤'이라는 걸 알기에 끝까지 많은 것을 쏟아볼 생각입니다. 웰레스 하틀리처럼 목숨까지 내어놓을 용기가 생길지는 솔직히 잘 모르겠습니다.

그렇지만, 교사 인생에 절대 후회가 남지 않도록 할 수 있는 것들은 최대한 해 볼 생각입니다.

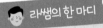
라쌤의 한 마디

삶에 아무런 역할도 없는 사람은 절대 없습니다.
그리고 어쩌면, 역할이 있다는 것만으로도 행복한 우리 삶입니다.

간이역

○

종종 제가 매우 똑똑하다고 생각할 때가 있습니다. 그런데 가끔 매우 멍청하다고 생각할 때도 있습니다. 세상을 참 많이 안다고 생각할 때가 있지만, 세상엔 참 모르는 것이 많습니다.

4월이면 온 세상이 하얗게 물듭니다. 참 예쁘고, 아름답죠. 보통은 그 계절의 신비함을 기억하기 위해 '꽃놀이'라는 것을 갑니다. 가서 사진도 찍고요. 그렇지만 저는…. 함께 사진을 찍어 추억을 남길 동반자가 없음에 동료 선생님들과 한탄을 하던 때가 있었습니다(물론 저는 그 한탄을 몇 년째 이어오고 있습니다). 하필이면 그날 간 곳이 일본식 선술집이었습니다. 봄 분위기가 물씬 나는 곳이었죠. 진짜 나무는 아니었지만, 벚나무

모형이라기엔 너무나 진짜처럼 가게 안에 세워져 있었어요. 흔들면 정말 벚꽃 잎이 흩날릴 것만 같은 그런 느낌이었습니다. 술보다 분위기에 취해 버린 우리는 '번개 여행' 계획을 세우게 됩니다. 기차를 타자! 남쪽 멀리까지 가보자! 순식간에 '섬진강 기차마을 여행'이, 시작되었습니다.

학교 재량휴업일을 이용한 여행이었기에 어디에도 사람이 많지 않았습니다. 정말 여유로운 여행이었죠. 평택역에서 기차를 타고, 곡성까지 쭉 달리는 여정이었습니다. 오랜만에 타는 기차에서 저는 늘 그랬듯 잠을 잤습니다. 멀미가 심해서 기차든, 버스든 잘 타지 못하거든요. 나름 숙면을 하고 일어나 보니, 창밖엔 그림 같은 풍경들이 눈에 쏟아지고 있었습니다. 무궁화호를 타고 갔는데 처음 들어보는 이름을 가진 간이역에 자주 정차했습니다. 서도, 산성, 봉천⋯. 그리고 '오수'라는 이름을 가진 역도 있었습니다. 여긴 뭐지, 하는 생각을 하던 찰나 옆자리에 있던 선생님이 이렇게 말했습니다.

"여기가 그 '오수의 개', 그 개 있는 곳 아니에요?"

전 사실 오수의 개가 무엇인지 몰랐습니다. 그 오수가 이 오수인지 몰랐던 거죠. 급하게 스마트폰 검색을 해보니 그 오수가 이 오수였습니다! '오수의 개'는 여러분도 잘 아는, 술 먹고 쓰러진 주인 옆에 불이 나자 자기 몸을 적셔 불을 끄고 자신을 희생한 그 '개'입니다. 쉽게 말하면, '술 먹고 개가 된 주인을 위해 개가 개를 구해준 이야기'라고 할 수 있겠네요.

　들지 못했다면 저에게 '오수'는 그저 간이역 중 하나에 지나지 않았겠지요. 하지만 지금은 다시 한번 가보고 싶은 곳이 되어 버렸습니다. '아는 만큼 보인다'라고 하지요. 하지만 '보이지 않아 모른다고 느껴지지 않을 뿐'인 것들이 세상엔 참 많습니다. 단순히 지식 차원에서 이야기하는 건 아닙니다. 예를 들어, '쟤는 분명 싸가지 없을 거야.'라는 생각이 드는 친구가 있다고 합시다. 그런데 그 친구가 왜 겉으로 강한 척하는지, 겉으로 강한 척을 해야만 하는 특별한 이유가 있는 건 아닐지, 생각해본 적 있나요?

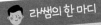 라쌤의 한 마디

우리가 아는 것처럼 세상이 그렇게 단순하지는 않습니다.

꿈을 꿀 수 있다는 것

○

4월이 되면, 많은 대학이 전국 고등학교로 홍보 담당자들을 파견합니다. 교수가 직접 학교에 방문하기도 하고, 해당 학교 졸업생이 모교에 직접 홍보를 나오기도 합니다. 대학 입시 설명회를 하기 위해서죠. 어느 날은 여학생들이 설레는 표정으로 설명회가 열리는 다목적실 앞에 모여 있었습니다. 왜 그런가 했더니 사관학교에 진학한 졸업생이 모교 방문을 하러 왔더군요. 멋진 제복을 입고 서 있는 모습에 저도 반할 뻔…, 아니 반하기 직전에 정신을 차렸습니다.

제가 가르치기도 한 인연이 있던 학생이라 설명회가 끝나고 잠깐 만나 인사를 나누었습니다. 그 사관학교는 참 인상이 깊은 학교여서, 함께

1학년 3반 종례신문

이야기를 많이 주고받았습니다. 다름 아니라, 제 아버지께서 그 사관학교 출신이거든요! 1980년도에 입학하고, 졸업 후 20년 넘게 해병대 장교로 군 생활을 하셨습니다.

아버지의 꿈은 원래 '교사'였습니다. 누군가에게 무언가를 설명하길 좋아하셨고, 그래서 오랜 기간 교사의 꿈을 꾸셨다고 합니다. 강원도 춘천 산골에서 태어나 넉넉지 못한 살림에도 열심히 학업에 정진하신 덕분에 지역 교육대학교에 당당히 합격했죠.

그렇지만 아버지는 입학 대신 동네 독서실을 다녀야 했습니다. 8남매 중 일곱째로 태어난 아버지네 가정형편은 그리 좋지 못했습니다. 아버지는 과감히 꿈을 버리고 1년간 재수를 한 끝에 입학 등록금이 전혀 없는 사관학교에 들어갔습니다. 강원도 춘천에서 경상남도 진해까지 버스를 타고 내려가는 동안 아버지의 마음은 그리 좋지 못했을 것 같습니다. 가족을 위해 꿈을 포기하고 원하지 않는 삶을 살아야만 했으니까요. 안타깝게도, 아버지는 여전히 자신의 꿈 대신 가족의 꿈을 위해 살아갑니다.

예순이 넘은, 정년을 얼마 남기지 않은 나이에도 여전히 출장과 야근을 하는 고단한 생활을 하고 있습니다. 20년 넘게 군 생활을 하셨던 분이 평범한 회사원으로 살아가는 것 자체가 힘드실 텐데도, 묵묵히 가족을 위해 희생하는 아버지의 모습을 보면 마음이 아픕니다. 더군다나 늘 커다란 산과 같았던 분이 요즘 들어 여기저기가 아프다고 통증을 호소하시기도 합니다.

제 아버지만 그럴 거라고 생각하지는 않아요. 더불어 아버지만 그럴 거라고도 생각하지 않습니다. 우리의 가족들은, 서로를 위해 희생하고 애쓰며 살아갑니다. 어쩌면 우리 친구들 각자의 가족들은, 여러분만을 바라보며 삶을 살아가고 있을지도 모릅니다.

🙂 라쌤의 한 마디

언젠가 지치고 힘이 들 땐
나를 바라보며 하루하루를 버텨나가고 계실,
그분들을 떠올려봅시다.

13일의 금요일

○

정신없이 살다 보면 시간 감각이 혹은 날짜 감각이 없어질 때가 있습니다. 심하게 바쁠 땐, 밥 먹을 타이밍도 놓치고 일을 할 때도 있지요. 그러다 갑자기 시계를 봤는데 하필이면 4시 44분! 이런 적 있지 않나요? 괜히 기분이 찝찝하고 뭔가 심상치 않은 일이 일어날 것만 같고…. 시간적인 측면에서 가장 찝찝한 날 중 하나가 '13일의 금요일'입니다.

금요일이 13일이면 뭔가 꺼림칙한 기분이 들곤 합니다. 인터넷을 살짝 뒤져보면 13일의 금요일에 일어난 많은 사건을 찾아볼 수 있습니다. 비행기 추락사건, 역대급 자연재해, 대공황으로 인한 주가 폭락 등…. 그런데 그 꺼림칙한 역사를 들여다보면, 또 다른 의미로 또 꺼림칙한 기분이 들게 됩니다. 몇백 년 사이에 일어난 일인데, 이 정도면 그냥 우연인 거 아냐?

알고 보면, 13일의 금요일은 '꺼림칙함'과는 거리가 먼 날입니다. 13일의 금요일이 이렇게 부정적으로 유래된 이유는 예수님이 돌아가신 날이기 때문입니다. 물론 관련된 이름을 가진 영화로도 유명해지긴 했지요. 아는 사람은 잘 알고 있겠지만, 예수님의 죽음은 우리에게 저주(?)를 내리기 위함이 아니었습니다. '희생'과 관련지어 생각하는 것이 맞지요. 그런데 우리에게 왜 이런 '징크스'가 생기게 된 것일까요?

특히 스포츠계에는 이런 징크스가 많습니다. 개최국 징크스, 2년 차 징크스, 우승국 징크스. 우리나라 축구 국가 대표팀에도 좋은(?) 징크스가 하나 있었는데, 바로 '중국에겐 지지 않는다'라는 것이었습니다. 흔히 '공한증'이라 부르곤 했는데, 놀라울 정도로 몇십 년 동안 중국만 만나면 강한 모습을 보여주었습니다. 그런데 과연, 중국 국가대표팀 입장에선 어땠을까요? '어차피 한국을 상대하면 질 테니까 대충해!' 이랬을까요? 당연히 아닙니다. 우리나라 축구대표팀을 꺾어보는 것은 물론 축구 강국으로 거듭나기 위해 국가 차원에서 엄청난 투자를 하기 시작합니다. '축구 굴기'라는 명칭까지 생길 정도로 대대적인 자금이 투입되었고, 해

외 유명 선수, 유명 감독들이 하나둘 중국을 찾기 시작했습니다.

조금씩 중국 축구는 강해지기 시작했죠. 공한증이란 이름의 징크스만 믿고 있다가 결국 2010년, 동아시안컵에서 0대 3으로 중국에 패배하는 경기가 생기고 말았습니다. 우리나라 대표팀은 발전을 도모해야 할 시간에, 방심을 남발했던 건 아니었을까요? 징크스란 녀석 때문에 우린 쓸데없는 걱정도 하고, 불필요한 자만을 하기도 합니다.

'일체유심조一切唯心造'라는 말이 있지요. '모든 것은 마음먹기에 달렸다'라는 우리가 잘 알고 있는 말입니다. 원래 이렇게 쉬운 말일수록 지키기가 어려운 법이지요. 시험을 망칠까 봐, 좋아하는 이성 친구가 내 맘을 받아주지 않을까 봐, 학교에 다니면서 우린 정말 수만 가지 걱정을 하며 살아갑니다.

반대로 너무 걱정을 안 해서 문제가 되기도 합니다! 성적이야 언젠간 오르겠지, 그래도 친구인데 이 정도는 이해해 주겠지….

라쌤의 한 마디

일체유심조, 모든 일은 마음먹기에 달렸습니다.

걷기라도 하자

○

중학교에서 가르쳤을 때, 우리 반은 남녀 합반이었습니다. 정말 다양한 녀석들이 모여 있었죠. 교사로서 맡은 첫 담임반 아이들이라 한 명 한 명 빠짐없이 기억이 납니다. 이젠 시간이 훌쩍 지나 성인이 되었지만, 아직도 제 눈엔 철없는 아이들로 보이곤 합니다.

특히 기억에 남는 아이가 하나 있습니다. 그 친구는 글쓰기를 좋아했고, 또 잘했습니다. 가끔 시를 써가지고 와 보여주곤 했는데, 중학생임에도 자신이 가진 감성을 고스란히 담아내는, 특별한 능력을 가진 아이였습니다. 어느 평범한 오후, 평소처럼 그 친구가 찾아왔습니다. 늘 그랬던 것처럼 자신이 쓴 글을 보여주었는데, 평상시의 그것과는 조금 달랐습니다. 아버지 회사에 문제가 생겨 결국 회사 문을 닫게 되었고, 부모님은 다투시고 말을 하지 않으시며, 동생은 다니던 유치원에 갈 수 없게 되었다는 내용이었습니다. 그것은 단 며칠 새에 일어난 일이었고, '절망'이란 단어를 정확히 적용할 수 있는 그런 상황이었습니다. 그 친구의 글 마지막엔 이런 문장이 있었습니다.

'종착지가 없는 기차를 타고 가다 갑자기 기차에서 내린 기분'

무언가 해결책을 주는 건 당연히 하지 못했고, 제대로 위로도 해주지 못했습니다. 그때까진 저도 그 정도의 절망감을 느껴보지 못했거든요. 몇 년이 지나고, 저도 비슷하지만 다른, 다르면서도 비슷한 절망을 겪었습니다. '나한테 일어날 거라고 생각해 보지 못한' 사고를 겪게 된 거죠. 흔히 '보이스 피싱'이라 부르는 사기 사건에 휘말리고 말았습니다. 몇천만 원의 피해를 겪고 나니, 문득 그 친구가 했던 말이 떠올랐습니다. 정말 한 글자도 틀리지 않고 정확하게 들어맞더군요. 허허벌판에 홀로 남겨진 기분. 반년 가까이 정신을 차리지 못했습니다.

시간이 약이 되었는지, 허허벌판에 홀로 서 있던 저는 어느 순간 저도 모르게 뭔가를 해야겠단 생각이 들었습니다.

'걸어서라도 가야지'

    종착지가 어디인지 정확히 알 수 없다 하더라도, 기차보다 걷는 것이 훨씬 느릴지라도, 가야겠죠. 걸어서라도 가야 하는 것이 맞겠다는 생각이 들었습니다. 그리고 그때, 그 친구에게 이 말을 해주지 못한 것이 참 후회가 되었습니다. 손이라도 잡아 줄걸, 일으켜 줄걸, 같이 걸어 줄걸.

    언젠가 보던 드라마가 학교를 배경으로 하고 있었는데, 거기 나오는 선생님이 이런 말을 하더군요. "수학이 아무리 어렵다고 한들 너희보다 어렵겠냐."

    '학생'이란 이름의 여러분은 참 어렵습니다. 그렇다고 집어던질 순 없으니, '선생님'이란 사람으로서, 풀어보려 합니다.

라쌤의 한 마디

알고 보면, 내 문제를 가장 잘 해결할 수 있는 존재는
누가 뭐래도 나 자신!

선. 친. 소

○

선생님의 친구를 소개합니다! 줄여서, 선. 친. 소! 고등학교 2학년 때 같은 반이 되었고, 그 이후 20년 가까이 소중한 관계를 지속하고 있는 제 친구를 소개하려 합니다.

여러분도 절친한 관계에 있는 누군가가 있나요? 그냥 단순히 겉으로만 '우린 친해' 가 아닌, 마음으로 그 소중함을 느낄 수 있는 그런 '친구'. 오랜 시간 알고 지내다 보니 많은 이야기가 우릴 지나갔고, 정말 잊지 못할 고마운 기억도 있답니다.

저는 정치·경제·사회·문화의 중심지! '여의도'에서 고등학교 생활을 했습니다. 2학년이 되면서 유일하게 선택할 수 있는 과목이 있었는데,

바로 '제2외국어'였습니다. 문과 다섯 반 중에 한 반은 '중국어반'이었고, 그렇게 2학년 1반에서 저의 절친과 처음 만나게 되었습니다. '첫인상은 별로였는데 점점 그 친구의 매력을 알게 되는', 그런 반전은 없었습니다. 그냥 처음부터 최고! 완전 시원시원한 성격에, 성적도 엄청 좋고, 무엇보나 관심사나 취미들이 많이 겹쳤습니다. 매일 붙어 다니게 되었고, 자연스레 중국어반에서 고3 생활도 함께하게 되었죠. 게다가 놀랍게도 재수 생활까지 같은 학원을 다니게 되었습니다. 제가 그 친구를 따라간 것이긴 하지만. 목표도 없고, 공부도 잘하지 못하는 학생이었던 저에게 그 친구는 선물 같은 존재였습니다. 시간을 허투루 쓰지 않고 늘 알차게 무언가를 해내는 친구를 보며 저도 점점 꿈이란 걸 키워갈 수 있었습니다. 마침내, 평생 친구가 되고 싶단 생각이 드는 결정적인 사건이 있었습니다. 재수 생활을 마치고 나름 각자의 길을 걸어가고 있던 때였습니다.

군대에서 전역한 후 방탕한 세월을 보내던 때, 자동차를 렌트하여 놀러 갔다 오는 길에 사고가 나고 말았습니다. 카센터에 무려 40만 원을 물어줘야 했지요. 그렇지만 이미 놀러 가서 돈은 다 써버리고, 이러지도 저러지도 못하는 지경이었습니다. 그래서 어쩔 수 없이 지푸라기라도 잡는 심정으로 절친에게 전화를 걸었고, 친구는 부리나케 찾아와 돈을 내주었습니다. 미안하기도 하고, 고맙기도 하고 몸 둘 바를 몰라 하는 제게, 친구가 먼저 말을 꺼냈습니다. "지금 당장 안 줘도 되니까, 성공하면 꼭 갚아라." 그 말을 들으니 더 미안해졌고, 할 말이 없었습니다. 그리고 그런 마음을 꿰뚫어 본 친구는 이렇게 말했습니다.

"그나저나 너 지금 시간 있냐? 내가 쏠 테니까 어디 가서 같이 삼겹살이나 먹자."

친구가 무엇이고, 우정이란 무엇일까요? 함께 있으면 마음이 편해지고, 굳이 말하지 않아도 속마음을 알아주는 그런 사람, 그런 친구 하나쯤은 있어야 하지 않겠습니까? 시간이 지난 후 꼭 같은 반이 되지 않더라도, 자주 보지 못하더라도, 그래도 마음속 한구석에선 그 이름을 부르고 있을, 그런 친구가 있는지 한 번 떠올려보세요. 없다면, 지금 당장 주위를 둘러보세요!

 라쌤의 한 마디

물론, 내게 친구가 될 사람을 찾는 것보단
내가 친구가 되어주는 게 먼저일 거야.

덤벼, 중간고사 따위!

○

4월이 끝나갈 때 즈음이면, 대한민국 청소년의 대부분은 책상에 붙어 앉아 시험공부에 매진합니다. 첫 정기고사가 기다리고 있으니까요. 저는 요새 한 학기에 한 번만 시험을 볼 수 있게 새로운(?) 평가 방법을 추진하는 편이라, 제가 가르치는 학생들은 첫 정기고사에서 국어 과목 시험은 치르지 않을 때가 많습니다. 그래도 어쨌든 많은 학교에선 '1학기 중간고사'를 치르고 있겠죠?

예전 중학교에서 근무할 때 (시험을 얼마 안 남긴 어느 봄날에) 어떤 여학생 하나가 물어볼 것이 있다며 메시지를 보냈습니다. 뭔가 국어에 관련한 질문이었던 걸로 기억됩니다. 답변해주고 시험 잘 보라고 말했더니, 글쎄 이 녀석이 이렇게 말하는 겁니다!

"쌤도 시험 잘 보세요!"

아니 내가 시험문제를 냈는데 나보고 시험을 잘 보라니. 그런데 저도 모르게 이렇게 답했습니다.

"그래, 인생은 시험의 연속이니."

중간고사, 기말고사… 이렇게 한 번, 두 번 시험을 치르고 나면 마지막 시험, '수능'도 다가오겠지요? 청소년 대부분이 마치 이날 하루만을 위해 중·고등학교 시절을 바친다고 생각하는 경향이 있더군요. 물론, 어른들의 잘못입니다. 마치 단 하루라는 시간이 평생을 좌지우지할 수 있는 것처럼 만들어버렸으니까요. 하지만 여러분보다 조금 앞선 인생을 살아 온 제가 보기에 그건 조금 잘못된 생각입니다. 우리의 삶은 하루하루가 소중하며 우린 매일같이 중요한 '시험' 속에 살아가고 있기 때문입니다. 저도 매년 그리고 매일 시험 속에 살아가고 있습니다.

'어떻게 하면 꿈을 갖게 해줄 수 있을까?'

'어떻게 하면 서로를 이해하고 아끼게 할 수 있을까?'

'아버지가, 어머니가 혹은 부모님이 모두 안 계신 친구들에게 어떻게 하면 내가 그 역할을 조금이라도 해줄 수 있을까?'

'어떻게 하면 말할 사람이 없는 친구에게 말동무가 되어줄 수 있을까?'

'사고뭉치 녀석들이 어떻게 하면 정신을 차릴까?'

'어떻게 하면?'

매년 서른 명이 넘는 친구들이 매일같이 새로운 '슈퍼울트라초고난이도'의 문제를 내주고 있고, 저는 정답도 모른 채 오늘도 문제를 붙잡고 있습니다. 힌트라도 좀 주지….

여러분에게 제가 정답에 가까운 답을 내고 있는지 잘 모르겠습니다. 하지만 분명한 것은 여러분의 삶에도 그만큼 수많은 시험이 기다리고 있을 테고, 그 시험은 대충 찍고 넘어가기엔 너무나도 소중하고 가치 있는 것이라는 점입니다. 여러분은 반드시 그 답을 풀어내야만 하며, 충분히 잘 헤쳐나갈 수 있는 능력이 있습니다. 그러니, 벼락치기 금지!

라쌤의 한 마디

끊임없이 문제가 던져지는, 어차피 인생은 시험의 연속입니다.
그래서 늘 풀어내야만 합니다.

5월

여기까지만 생각할 수 있어도 충분히 훌륭하지만, 그보다 중요한 것은
그 시간은 다시 돌아오지 않는다는 겁니다. 아무리 나를 괴롭힌다고 해도,
그 시간 역시 한없이 소중한 한때입니다. 우리는 그걸 간과한 채
그저 즐겁고 행복한 것만을 추구하려는 경향이 있지요. 그리곤 늘 후회합니다.

여러분이 지금 겪고 있는 시기는 어쩌면 당연히 힘들어야 할 때일지도 모릅니다.
하지만 그러한 고통을 인내하면 언젠가는 밝은 웃음만 가득한 때가
오지 않을까요.

나는야 베스트 드라이버

○

　2016년, 열심히 모아둔 적금으로 제 명의의 중고차를 갖게 되었습니다. 사실 차에 욕심이 많거나 관심이 크지 않아서 그냥 타고 다니다가 수명이 다하면 새 차로 바꾸면 되겠지, 하는 생각이 있었습니다. 다만! 저는 프로야구 K구단의 광팬이어서 그 회사에서 출시된 차를 타고 싶은 욕심은 있었습니다. 다행히 중고차 회사 사장님이 같은 성당에 다니는 지인이셔서, 제가 원하는 차를 원하는 가격에 구입할 수 있게 도와주셨습니다.

　주변 사람들을 보면 차를 정말 애지중지 아끼는 분들이 많습니다. 정기적으로 세차를 하고, 정비소에서 점검을 받고…. 저는 주말마다 본가에 올라갈 때를 제외하곤 거의 차를 탈 일이 없기도 하고, 너무 잘해주면 버릇이 나빠진다(?)는 쓸데없는 생각에 차량 관리에 큰 관심을 갖진 않았습니다. 아니나 다를까, 차량을 구입하고 2년 정도 지났을 때였습니다. 운전 중 갑자기 차에서 괴상망측한 소리가 나는 것이었습니다! 귀신 30마리가 저를 둘러싸고 소리를 지르는 듯한 공포스러운 소리가 차 안을 감싸고돌아서 박수무당을 찾아, '자동차 서비스 센터'로 급히 향했습니다.

도착하여 서류를 작성하고, 점검을 위해 수리기사님이 차량을 확인하기 시작했습니다. 아니나 다를까, 기사님의 얼굴이 점점 굳어지고 있었습니다. 자꾸만 말없이 미간을 찌푸리던 기사님. 드디어 입을 열고 처음 말했습니다. "이건 좀 심각한데…." 도대체 뭐가 심각한 건지 알려달라고 하자 자세한 설명을 해주기 시작했습니다. 우선, 엔진오일을 갈 시기가 지나도 한참 지난 상태로 15,000킬로미터나 더 운전했다는 이야기였습니다. 대충 빠르게 머리로 계산을 해보니 2개월 전도 아니고, 무려 12개월 전에 엔진오일을 교체했어야 했습니다. 그 상태로 일 년 넘게 운전했던 것이지요. "에어컨 필터는 어떻게 해드릴까요?" 해본 적이 없다고 하자, 도대체 미세먼지가 얼마나 심각한데 그간 에어컨을 어떻게 켜고 다닌 것이냐면서 병 걸리기 위해 노력하는 사람 같다고 저를 혼내기 시작했습니다. 생각해보니 운전을 하며 에어컨이나 히터를 켜면 조금 역한 냄새가 날 때가 있기도 했었거든요. 다른 기사님들이 하나둘 모이기 시작했고 다들 혀를 차며 돌아갔습니다. 덕분에 10만 원이면 해결될 문제에 30만 원이나 결재하게 되었습니다. 추가 작업이 계속 늘어났기 때문입니다.

대충 살면 되겠지 하고 살다 보니 한꺼번에 폭탄을 맞게 되었습니다. 제가 생각해도 너무 한심한 것 같습니다. 그런데 생각해보면 제 삶의 키워드는 늘 '대충'이었습니다. 고3 때도 그냥 이런 식으로 공부하면 성적 오르겠지 하고 지내다 재수를 했고, 대학생 때도 다들 노니까 똑같겠지 하고 지내다 청년백수 생활을 해야 했습니다. 친구들이 직장에 다닐 때 저는 도서관을 다녀야 했지요.

여러분은 어떻게 살고 있나요? 이렇게 저렇게 대충 살다 보면 어떻게 살아지겠지, 하는 안일한 생각을 하진 않나요?

라쌤의 한 마디

살아지는 삶은, 나도 모르게 나 자신을 사라지게 만들지도 모릅니다.

사진을 보다가

○

1학기 첫 중간고사가 끝나고 나면 우리 학교 고3 학생들은 난리가 납니다. 많은 학교가 비슷하겠지만, 이때는 바야흐로 졸업앨범 시즌 아니겠습니까! 의정부 소재 모 고등학교에서 시작된 졸업사진 열풍. 영화 주인공, 애니메이션 캐릭터, 심지어 소화기에 축구공까지…. 많은 학생이 예상치 못한 모습으로 변신을 합니다. 전 이상하게 등산복을 풀세트로 장착한 친구의 모습이 가장 기억에 납니다. 다들 뭔가 인위적으로, 억지로 웃기는 모습이었는데 이 친구는 자연스러우면서도 신선한 재미가 있더라고요.

졸업사진을 뭐 이리 많이 찍는 건지 대체. 한두 장 찍고 끝나는 줄 알았는데, 개인 사진 3회, 그룹별 사진 2회, 반 전체 사진 2회 등 앨범에 들어갈 사진의 종류가 무척이나 많았습니다. 사진 기사님이 찍고 있을 때 저도 옆에서 스마트폰에 한 명 한 명을 담았습니다. 학부모 밴드에 올려드리기 위한 사진이었는데, 퇴근하고 집에서 저도 모르게 낄낄거리며 한동안 들여다봤습니다. 다들 정말 개성이 넘치는구나, 징그러운 남학생 녀석들이 어찌나 예뻐 보이던지.

사진이라는 것이 참 묘한 매력이 있습니다. 사진을 보면 갑자기 그때 풍경, 그때 함께했던 사람들, 그리고 많은 추억이 함께 떠오릅니다. 심지어 기억에도 없는 갓난아기 시절도 나름 그려보게 되는, 정말 놀라운 녀석입니다. 저도 본가에 정말 갓 태어났을 때의 사진 앨범부터, 군대에서 찍었던 사진들까지 몽땅 다 보관하고 있습니다. 가끔 꺼내 보며 그 시절을 상상하고, 또 추억하곤 합니다.

여러분의 십 년 뒤, 이십 년 뒤는 어떤 모습일지 궁금하지 않나요? 그 시절을 살고 있을, 십 년 뒤 이십 년 뒤의 여러분에게 제안 하나 해 볼까 합니다. 고등학교 혹은 중학교 졸업앨범을 꺼내 보며 잠시라도 추억에 잠겨보기! 쉽죠? 그때 그, 3학년 때 키 작고 얼굴 까맣던 담임! 맨날 스마트폰 압수당하던 걔! 옆 반 여학생이랑 사귀던 걔! 이러면서 말이죠.

추억이 진정 추억으로 남기 위해서는, 또 아름다운 이름으로 남기 위해서는 정말 지금의 노력이 중요합니다. 노상 자느라 얼굴도 기억나지 않는 그냥 같은 반 친구? 쉬는 시간마다 시끄럽게 떠들어서 공부하는 거 방해하던 그 수다쟁이? 지각을 밥 먹듯이 해서 늘 담임한테 혼나던 걔? 이렇게 기억되고 싶은 사람은 아마 없을 겁니다.

물론, 존재만으로도 많은 선생님께 학생들은 모두 아름다운 추억일 겁니다. 그치만, 그래도, 조금만 더 노력해보세요. 저도 온갖 아름다운 수식어를 다 가져다 붙여서라도 저와 함께하는 수많은 학생을 소중하게 기억해보려 합니다. 그리고 저도 많은 친구에게 소중한 기억이 될 수 있도록, 매일매일 노력하며 살아보렵니다.

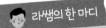

기왕에 기억될 모습이라면, 굳이 나쁜 기억으로 남을 필욘 없잖아.

잊고 있던 하나

○

'나팔꽃'

세상에서 가장 멋진 선생님이 될, 김나연 지음

베란다 한구석에

언제부터인가

나팔꽃이 자리 잡고 있다.

싹튼 줄도 몰랐는데

어느새 피워낸

5월

보라색 고운 꽃잎

혼자서 장하게도

꽃을 피웠구나

대견하게 바라보았다.

그때

주름진 두 손으로

한 잎 한 잎 정성스레

보듬고 물 주시던

우리 할머니

혼자 피운 꽃이 아니구나

나는

혼자 피운 꽃이 아니구나.

한 소년과 나무 한 그루가 있었습니다. 어린 소년은 나무 그늘 밑에서 낮잠도 자고, 그네를 매달아 타기도 하며 나무와 친하게 지냅니다. 소년이 나이를 먹게 되고, 이제 소년은 그 나무에 달린 열매를 내다 팝니다. 나무는 아무 말 없이 소년에게 열매를 내주죠.

시간이 흘러 소년은 중년의 남성이 되었고, 소년은 아예 나무를 잘라 배를 만들어 버립니다. 나무는 이번에도 아무 말 없이 자신의 몸통을 내줍니다. 시간은 더욱더 흘러 소년은 노인이 되었고, 밑동밖에 남지 않은 나무에게 찾아옵니다.

자신의 모든 걸 내준 나무는 그 소년에게 자신의 밑동 부분까지 내어주며 노인이 된 소년의 의자가 되어줍니다. 알고 보니 그 나무의 이름은 '가족'이었습니다.

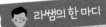 라쌤의 한 마디

늘 곁에 있다면, 더더욱 잊어선 안 돼.

ㅇㅈ? ㅇㅇㅈ!

○

대학생 시절, 저는 성당에서 초등부 주일학교 교사를 했습니다. 초등부 5학년 아이들의 담임을 맡았습니다. 지금 학교의 모습처럼 수업도 하고, 운동도 하며 다채롭게 여러 가지 활동했던 기억이 납니다. 어느 수업 시간, 퀴즈 풀이를 하던 중이었습니다. "자, 이 문제를 맞히면 선생님이 상품을 줄게요!" 상품은 츄파춥스 사탕이었습니다. 그런데 어느 녀석이 다짜고짜 이런 말을 하더군요. "상품이 뭔데요? 혹시 '문상'?" 문상이라니. 누가 죽은 것도 아닌데 문상이라니. 저는 뭔 헛소리인가 싶어 문상이 무슨 말인지는 알고 하느냐고 물었습니다. 그리고 문상은 다름 아닌 '문화상품권'의 줄임말이라는 걸 알았지요. 처음 그 말을 들었을 때 매우 충격이었던 기억이 납니다.

1학년 3반 종례신문

언젠가 학교 옆 편의점에서 경악을 금치 못할 신상품이 나왔습니다. 'ㅇㄱㄹㅇ ㅂㅂㅂㄱ'라는 조각 케이크였지요. '이거레알 반박불가'. 이젠 줄이다 줄이다 못해 초성만 사용하는구나. 은어라며 'ㅇ ㅈ'받지 못하던 것들이 이제 어느 정도 상용화되어 가는 느낌입니다.

어쩌다 이런 현상이 발생하게 된 것일까요. 아마도 '빠르게' 모든 걸 해결하려는 우리 사회의 모습 때문이 아닐까 하는 생각이 듭니다. 컴퓨터 속도가 느리면 답답함을 넘어 컴퓨터를 깨버리고 싶은 심정을 느끼는 우리이기에, 많은 것들을 줄이고, 또 빠르게 처리합니다.

좋습니다. 빠르면 빠를수록 좋지요. 그렇게 되면 우리가 추가적으로 얻게 되는 시간이 생기니까요. 그런데 여러분, 그렇게 생긴 시간을 정말 잘 활용하나요? 빨라진 생활로 얻은 소중한 시간을 과연 여러분은 알차고 가치 있게 사용하는지 묻고 싶습니다.

우리 학교에는 아침 독서 시간이 있습니다. 수업이 시작되기 전에 20분 정도 독서를 하며 마음의 양식을 쌓아보자는 취지로 정해진 프로그램이지요. 아마 전국 대부분 학교에 이런 프로그램이 있을 거라 생각됩니다. 그런데 그 시간, 과연 진정으로 독서를 하는 학생이 얼마나 될지 정말 궁금합니다.

담임을 하며 저는 당당히 우리 반 친구들에게 '독서 시간에 졸리면 자도 좋다'라는 이야기를 했습니다. 피곤한 친구들을 위한 배려였을까요? 아뇨! 자신의 미래를 위해 시간을 알차게 사용하는 이들을 방해하지 말라는 의미에서, 방해하지 말고 잠이나 자라고 전했던 것입니다. 내 속도 모르고, 다들 신나서 잠을 청했던 모습이 기억나네요.

하루 20분, 3일이면 한 시간이 됩니다. 한 달이면 10시간인 셈이지요. 여러분의 소중한 시간, 누적되면 어마어마한 가치가 되어 돌아올지 모릅니다. 막 살지 말란 말이야!

라쌤의 한 마디

변명 중에서도 가장 어리석고 못난 변명은,
'시간이 없어서'라는 변명일 거야.

참되게,
바르게

○

5월엔 정말 많은 기념일이 있습니다. 어린이날, 어버이날, 석가탄신일… 전 아직 '스승'이라 불리는 것이 어색하지만, 그래도 뭔가 종일 감사해지고 마음이 따뜻해지는 날도 있죠. 스승의 날! 지금은 많은 친구에게 '선생님'으로 불리고 있지만, 저도 누군가에겐 '학생'이었습니다. 저에게도 영원히 잊지 못할, 기억에 남아 있는 '선생님'이 있습니다.

초등학교 3학년 때, 1학기 반장이 되었습니다. 부모님은 경사가 났다며 좋아했고, 가족 외식도 하고, 노래방도 가서 즐거운 시간을 보냈습니다. 그리고 그 즐거웠던 기억은 정확히 2주 뒤, 산산조각 납니다.

체육 시간, 담임 선생님은 갑자기 저를 불러 구타하기 시작했습니다. 열 살짜리 꼬마에게 무려 세 시간이 넘게 폭행을 가했습니다. 발로 차고, 따귀를 때리고, 머리를 바닥에 박고 열중쉬어 자세로 엎드려 있게 했습니다. 본인도 지쳤는지, 오후 시간에는 교실 앞 교탁 옆에 세 시간 동안 꿇어앉아 있게 했습니다. 모두 수업을 하던 그 시간 그곳에서, 저 혼자 소리도 내지 못하고 외롭게 존재해야만 했습니다. 온몸이 시퍼렇게 멍들었기에, 그날 이후로 일주일간 학교를 나갈 수 없었고 자연히 학교란 공간을 싫어하게 되었습니다.

당시에는 제가 맞은 이유를 알지 못했습니다. 왜 내가 맞아야 하는지, 무차별적인 폭행을 당해야 했는지, 그때 그분은 말해주지 않았습니다. 시간이 흐르고 어머니께서 말해주셨죠. '반장 엄마가 담임에게 성의를 보이지 않았다'라는 것이 이유였습니다.

학교를 싫어했던 저에게 한 줄기 빛이 비친 건 고등학생이 된 후, 어느 문학 시간이었습니다. 뭔가 특별한 사건이 있었던 것은 아니었습니다. 말을 걸어주시더군요. 그리고 말을 들어주시더군요. '대화'가 무엇인지 그때 처음 알게 된 것 같습니다.

대화를 주고받는다는 것. 그것은 단순히 말을 듣고 말을 전하는 것에 그치지 않았습니다. 마치 '굳이 세상 너머에 있을 필요는 없어! 넌 존재만으로도 충분히 소중한 사람이야!'라는 메시지를 함축하고 있는 듯했죠. 마음속 고민을 털어놓을 수 있는, 소통할 수 있는 선생님, 사람이 생겼습니다. 학교를 싫어했던 제가, 지금 학교라는 공간에서 존재하게 된 것. 바로 그런 '선생님'이 계셨기 때문입니다.

'교사에게 받은 상처를 교사에게 치유받은 아이러니'는 그 의미가 확장되어 '교사에게 받은 상처를 교사에게 치유받고 교사가 된 아이러니'가 되었습니다. 25년 전, 학교를 등지고 그 세상 너머에 존재하기를 원한 열 살짜리 꼬마는 지금 교사가 되어 아이들과 소통하고자 매일같이 애쓰고 있습니다.

학생이란 이유만으로 여러분은 이미 제게 크고 소중한, 사랑스럽고 고마운 존재이기에 많은 선생님은 항상 보답할 수 있도록 노력하고 있다는 것 잊지 마세요!

라쌤의 한 마디

내가 사랑하는 만큼 다른 이들에게도 사랑받길 바라는 마음에, 늘 다그칩니다. 그 다그침은 사랑의 다른 이름입니다. 사랑하지 않는다면, 다그침 대신 무관심이 있겠죠.

1등만 기억하는
더러운 세상에서

○

1등만 기억하는 더러운 세상에서, 여러분은 현재 몇 등인가요? 세상 사람들은 참 듣기 좋게 잘도 이야기합니다. 등수는 중요한 것이 아니다, 꿈을 키워라, 행복은 성적순이 아니다 등. 그런데, 그거 아세요? 등수는 매우 중요하고, 꿈은 누구나 키우고 있고, 성적이 좋으면 상당히 행복하다는 사실을. 교사로서 대단히 부끄러운 말일지도 모릅니다. 공부와 성적이 전부가 아니라는 걸 알면서도, 현실이란 벽의 높이를 알기에 감히 적어봅니다.

고등학생이 되면 내신 등수와 모의고사 등급이라는 틀에서 이것저것 많은 고민을 하게 될 겁니다. 저도 그럴 것이고, 집에 계신 학부모님들이나 심지어 본인 스스로 그러한 감옥 같은 공간에 많이 틀어박히게 될 겁니다. 그런데 그건 어쩔 수가 없습니다.

대한민국의 청소년이라서, 대부분 대학이라는 다음 관문을 위해 노력하는 중이라서, 그렇습니다. 지금 제가 담임을 맡는 우리 반만 해도 1등부터 31등까지 등수를 매길 수가 있고, 학년 전체 학생은 200여 등까지 등수를 매길 수 있습니다.

그런데 놀라운 점은 누구나 1등을 할 수 있고, 누구나 꼴찌를 할 수 있다는 것입니다. 더 놀라운 사실은 여러분이 굳이 꼴찌를 하지 않아도 된다는 것이며, 그보다 더더! 놀라운 사실은 여러분이 1등을 해도 누가 뭐라 할 사람이 없다는 것입니다. 불법이 아닙니다! "1등만 기억하는 더러운 세상이라며, 난 1등 따윈 안 해!"라고 생각하나요? 회피라는 건 이럴 때 사용하는 방식이 아닙니다. 더러워서 정말 바꾸고 싶다면, 내가 당당히 1등을 하여 세상을 바꿀 수 있는 자격을 갖추는 게 맞지 않겠습니까?

꼭 1등을 하라는 이야기가 아닙니다. 다만 최선을 다하고, 나의 위치가 어느 곳인지 정확히 알고, 자격을 갖추기를 바랍니다. '선생님, 저 더럽고 치사한 세상에서 살아남을 수 있는 충분한 놈입니다' 하고 말할 수 있는 자격. 그러지 못하면 아마도 많은 선생님이 여러분을 계속해서 닦달할 겁니다. 자격을 갖추라고, 갖춰야 한다고.

전 그러지 못했습니다. 세상을 바꿀 수 있는 능력을 갖추지 못했고, 용기를 갖지 못했습니다. 그 책임을 미래를 살아갈 이들에게 떠넘기는 것 같아 마음이 무겁기도 합니다. 그럼에도, 다시 한번 말합니다! 공부든 뭐든, 어떤 분야에서든 최고가 되고자 하는 목표를 가져봅시다!

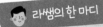
라쌤의 한 마디

몰라서 못 하면 뒤처지지만, 알면서도 안 하면 아예 지워집니다.

아픔을 잊고자 하는 이에게

○

저는 지난 10년 가까이 제대로 뛰어본 적이 없습니다. 왼쪽 발목관절이 제대로 움직이지 않기 때문입니다. 대학을 졸업하고 독서실에 다니며 임용시험 준비만 하던 때가 있었습니다. 매일 하루도 빠짐없이 공부 또 공부…. 이러다 금방 지칠 수도 있겠다는 생각이 들어 주말마다 운동을 했습니다. 여기저기 장소는 다르지만 같은 목표로 공부를 하고 있던 친구들을 모아 조기축구회 형태로 정기적인 모임을 가졌지요. 9월 즈음, 시험을 두 달 정도 남기고 마지막 모임을 갖기로 했습니다. 막판 스퍼트를 위해서 주말 운동도 생략하기로 한 겁니다.

마지막을 불태우기 위해 아침 일찍부터 정말 여러 게임을 뛰었습니다. 점심도 생략하고 거의 네 시간 만에 마지막 경기가 시작되었습니다.

축구를 네 시간이나 하다니…. 그래도 재미는 있었습니다. 한동안 못할 거란 생각에 마지막 경기에도 참여했는데, 경기 시작 5분 만에 사고가 터졌습니다. 볼 경합을 하다 그만 왼쪽 발목이 꺾여버린 것입니다. 진짜 '우두둑' 소리가 나더군요. 두 달 남은 임용시험이고 나발이고, 아무 생각도 들지 않았습니다. 너무 아파 비명을 지르기까지 했어요.

구급차에 실려 병원까지 가야 했고, 며칠 뒤 수술도 받게 되었습니다. 무려 네 시간이 넘는 수술이었지요. 수술이 끝나고 병실에 돌아왔을 때, 그 병실엔 모두가 숨죽여 잠을 청하고 있었고, 저 역시 그래야 했습니다. 어머니의 간호를 받으며 겨우 잠이 들었지요. 하지만 아무렇지 않게 평범한 잠을 청할 수는 없었습니다. 수술 후 통증이 너무 심했기 때문입니다. 그리고 그때까지 단 한 번도 보지 못했던, 아마 앞으로도 거의 보지 못할 것 같은 그런 광경을 보게 되었습니다.

어머니가 울고 계셨습니다. 제가 무슨 죽을병에 걸린 것도 아니고, 그저 발목이 '댕강'하고 부러진 것뿐인데, 그저! 발목뼈가 이십 조각 정도로 분리된 것뿐인데, 어머니는 제가 아파하는 모습에 많이 힘들어하셨습니다. 지옥과 같았던 해병대 입대 날에도 밝은 웃음을 보이셨던 그 야속한(?) 어머니께서 말이지요.

어머니뿐이겠습니까? 세상엔 나를 위해, 나로 인해, 나보다 더 아파하는 사람들이 무척이나 많습니다. 내가 짜증을 내면 함께 짜증을 내어 주고, 내가 힘들어하면 나로 인해, 나보다 더 힘들어하는 사람들. 그런 사람들이 있어 우린 아픔을 견디고 이겨내야만 하는 것은 아닐까요? 아픔을 숨기고 묵묵히 참으란 이야기는 절대 아닙니다. 우리에게 중요한 것은 아파하는 것이 아니라, 아픔을 이겨내야 하는 것이란 말을 해주고 싶습니다.

지금 많이 아픈가요? 그렇다면, '나는 지금 아프다'가 아닌, '나는 아픔을 이겨낼 것이다'라는 다짐을 해보기를, 그래서 나와 나를 아끼는 모든 이가 그 아픔에서 벗어날 수 있기를 바랍니다.

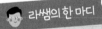 라쌤의 한 마디

대신, 아플 땐 꼭 아프다고 말하기! 아픔을 무작정 참지 말기!

청춘의 문장들

○

얼마 전 우연히 TV를 보다가 MC와 패널들이 함께 일반인 집에 찾아가 한 끼 식사를 함께 나누는 예능 프로그램을 보게 되었습니다. 우리나라의 여러 동네를 찾아다니며 소개를 해주고, 이 집 저 집 찾아 밥을 얻어먹으며 "이런 얘기, 저런 얘기"를 나누는 프로그램입니다. 아마 재방송이었던 것 같은데 제가 본 방송에 소개된 장소는 '노량진'이었습니다.

정말 눈물이 앞을 가릴 정도로 가슴 아픈 이들의 이야기를 들을 수 있었습니다. 공무원 시험, 임용시험, 소방 공무원, 경찰 공무원 등 미래를 위해 청춘을 바치고 있는 수만 명이 그곳 '노량진'에 있었습니다. 노량진에서 공부를 한 적은 없지만, 저도 직업을 얻기 위해 미친 듯이 애쓰던 그때가 떠올라 가슴이 아팠습니다.

제가 졸업한 대학교에는 단대별로 도서관이 있었습니다. 저는 사범대학에 있었으니 '사범대 도서관'이 있었던 것이지요. 그곳에는 임용시험을 준비하는 다양한 '교육과'의 졸업반 학생들이 가득 차 있었고, 아마 지금도 그러할 것입니다.

대학교 4학년. 늘 같은 일상에 지루해하던 기억이 납니다. 종일 도서관에서 전공 교재를 붙잡고 사는 자신이 너무도 비참했고, 머릿속으론 늘 일탈을 생각했습니다. 아마 도서관에 있는 모든 학생이 비슷한 감정을 가지고 있었을 것이라 생각합니다. 하루가 다르게 상승하는 기온에 더욱더 지쳐가던 어느 날, 누군가 도서관 입구에 어느 책의 한 구절을 써 놓았습니다.

그나마 삶이 맘에 드는 것은
첫째, 모든 것은 어쨌든 지나간다는 것.
둘째, 한 번 지나가면 다시 돌이킬 수 없다는 것.
─ 김연수,《청춘의 문장들》

그랬습니다. 힘든 시기는 누구나 겪는 것이고, 어쨌든 그 시간은 지나가기 마련입니다. 여기까지만 생각할 수 있어도 충분히 훌륭하지만, 그보다 중요한 것은 그 시간은 다시 돌아오지 않는다는 겁니다. 아무리 나를 괴롭힌다고 해도, 그 시간 역시 한없이 소중한 한때입니다. 우리는 그걸 간과한 채 그저 즐겁고 행복한 것만을 추구하려는 경향이 있지요. 그리곤 늘 후회합니다.

여러분이 지금 겪고 있는 시기는 어쩌면 당연히 힘들어야 할 때일지도 모릅니다. 하지만 그러한 고통을 인내하면 언젠가는 밝은 웃음만 가득한 때가 오지 않을까요. 물론 모두는 아닙니다. 누군가는 분명 후회하고 있을 겁니다.

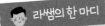

라쌤의 한 마디

정말 문제는, '열심히 하지 않고'
'열심히 했다'라고 스스로를 오해하는 것.

선생님의 선생님이
선생님에게

○

작심삼일.

나는 그 말조차도 잘 지키지 못하는 학생이었어.

계획표를 몇 번씩 고치고, 또 고치고…

난 왜 이렇게 의지가 약할까, 고민도 정말 많이 했지.

근데, 나를 보는 시각을 바꾸니까

세상이 달라지더라.

난 꾸준히는 잘하지 못하지만

짧게는 잘 집중할 수 있고,

미리 미리는 잘못하지만

벼락치기는 정말 잘하는구나.

계획표를 삼 일도 지키지 못하면

하루하루 새로운 계획을 짜면 되는 거지.

문제는, 잘하지 못하는 게 아니라, 아예 안 하는 거니까….

나를 긍정적으로 보기 시작하니까

자신감도 더 생기고

있는 그대로의 나를 받아들이면서

공부도 더 즐거워졌던 것 같아.

세상에 정해진 길이란 없지.

너의 방식을 최선의 것이라 믿으며

자신감을 가지고 하루하루 보내면

정말 좋은 결과가 있을 거야!

熱心!!

20여 년 전 저의 선생님이 주신 응원의 글입니다. 아직도 늘 가슴속에 새기며 간직하고 있지요. 선생님의 선생님이 선생님에게 주신 이 말 덕분에, 저는 어쩌면 선생님 소리를 들으며 살 수 있는지도 모르겠습니다. 목표를 성취하기 위한 긍정적인 다짐을 할 수 있었기 때문이지요. 저의 글이 여러분에게 조금이나마 위안과 힘을 전해줄 수 있기를….

27. MAY

○

스물여덟. 그렇게 고대하던 '선생님'이 되었습니다. 경기도 화성시에 있는 조그마한 시골 중학교에서, 처음으로 선생님 소리를 들으며 살게 되었지요. 오랜 시간 꿈꿔왔던 일이었기에 심지어 서로 욕하고 다투는 모습마저 예쁘고 사랑스러운 아이들이었기에, 제가 쏟을 수 있는 열정이란 열정은 다 쏟아부었던 기억이 납니다.

제가 지금 교사로 행하고 있는 모든 것의 시작은 2013년이었어요. 저에겐 결코 잊을 수 없는 한 해였습니다. 그때 그 아이들은 고작 중학교 1학년이었지만 이젠 드디어 스무 살이 넘은 대학생이 되었습니다. 직장인이 된 친구들도 많이 있고요. 아직도 제 머릿속엔 초등학생 태를 못

1학년 3반 종례신문

벗어난 순수 그 자체인 아이 같은 모습만 가득하지만, 훌쩍 자라 같이 술도 한잔할 수 있는 나이가 되었다는 게 정말 믿기지 않습니다. 그리고 2019년 5월 27일, 정말 오랜만에 그때 아이들을 만나러 갈 일이 생겼습니다.

우리 반 반장이었던 윤주는 여학생이지만 흔히 말하는 '대장부' 같은 친구였습니다. 거친 남학생들도 윤주가 한 마디 하면 꿈쩍 못하고 장난을 멈추곤 했지요. 그러면서도 꼼꼼한 성격을 지녀 노트 정리도 잘하고, 대회에서 수상도 많이 했습니다. 고작 한 해 함께했을 뿐이지만 늘 스승의 날이면 문자 메시지를 보내 감사의 말을 전하기도 했습니다.

윤주가 고3이 되면서 연락이 뜸해졌습니다. 입시로 지치고 힘들었겠지요. 윤주뿐 아니라 당시 아이들 모두 고3이던 시절엔 연락을 많이 하지 못했습니다. 몇몇 친구들만 원서접수할 때 도움을 청하는 연락을 했지요. 그리고 정말 오랜만에, 윤주에게 먼저 연락이 왔습니다.

"저희 언니(최윤주)가 하느님의 부르심을 받고 하늘나라로 갔습니다. 화성중앙병원 장례식장. 발인: 5월 28일 06시 천안 추모공원"

스물아홉, 20대의 마지막 생일, SNS에 30대가 되는 것이 두렵지 않다는 말을 쓴 적이 있습니다. 사랑하는 내 아이들, 제자들의 20대를 볼 수 있기 때문이라는 말도 덧붙였지요. 첫 제자이자 우리 반 반장이었던 윤주의 스무 살을 만나기 위해 나섰던 5월 27일. 설레는 마음 대신 자꾸만 눈물이 났습니다. 힘들었을 때 응원해 주지 못한, 잘했다고 칭찬해 주지 못한 안타까운 마음만 떠올랐습니다.

시간이 흘러 후회하는 마음이 남지 않도록 주변에 있는 소중한 이들을 다시금 떠올려보는, 그런 하루를 보내보는 건 어떨까요.

라쌤의 한 마디

누군가 그리울 때, 만남이 불가능하단 걸 알게 되면 얼마나 괴로운지 몰라. 그러니 있을 때 잘하자, 우리.

6월

적어도 대한민국에서 '교사'로 불리는 이들에게 청소년 여러분은
절대 잡초가 될 수 없습니다. 꽃을 피울 때까지 열심히 물을 주고 햇살을 받을 수 있게
노력할 것이 분명합니다. 부디 아름다운 색채를 뽐내며 자라주십시오.

그리고 학교를 벗어난 어떤 곳에서든 '잡초' 취급을 받지 않도록, 늘 애써주길
부탁합니다. 이 사회가 필요로 하는 인재, 이 세계를 밝은 색채로
가득 채울 수 있는 존재, 그게 바로 여러분입니다.

JUST DO IT

○

중학교 3학년, 저는 꿈이 있었습니다. 그 꿈은 바로, 나○키 운동화를 갖는 것! 전 어릴 적 시골에서 살았습니다. 초등학교를 졸업할 때까진 그런 데에 전혀 관심이 없었죠. 그냥 부모님이 사주시는 대로 입고, 신고 살았으니까요. 심지어 '나○키'라는 상표조차 몰랐었던 때였습니다. 중학교 3학년이 되던 해 서울, 그것도 여의도로 전학을 가게 되었지요. 그때부터 제 험난한 여정이 시작되었습니다. 소위 말하는 '부자동네'에 가니 사뭇 분위기가 달랐습니다. 친구들은 공부를 잘했습니다. 용돈이 많았고, 좋은 물건들을 가지고 있었습니다. 심지어 볼펜까지! 그 가운데 저를 가장 힘들게 했던 건, 바로 운동화였습니다.

나○키 운동화. 서울 친구들에게 절대 '꿀리지 말라'고 아버지가 사주신 시장 운동화는 오히려 저를 더 비참하게 만드는 것이었습니다. 다들 맥스, 포스 해대며 저를 비웃는 것 같았지요. 사실 아무도 신경 쓰지 않았을 텐데! 괜히 혼자 그런 생각은 왜 했던 건지! 큰맘 먹고 부모님께 말씀드렸습니다. 정말 열심히 공부할 테니, 나○키 운동화 하나만 사주시면 안 되느냐고. 사실 예상했던 답변은 '우리 집 형편에 그렇게 비싼 건 안 된다.'였습니다. 하지만 예상과는 조금 다른 답변을 들었고, 그 답은 지금까지도 제게 큰 진리로 남아 있습니다.

"네가 열심히 공부해서 열심히 돈 벌어서 직접 사라."

'네가 가라 하와이'가 아닌, '네가 사라 나○키'. 그땐 참 부모님이 야속했지만, 지금 생각하면 참으로 다행입니다. 이 말은 사소하지만 분명 제게 큰 자극이 되었습니다. 전 용돈을 모았고, 스스로 나○키 운동화를 샀습니다. 그리고 당당히 신고 다녔죠. 그때 부모님이 아무 말 없이 운동화를 사주셨다면, 전 항상 어려움이 생길 때마다 부모님께 도와 달라고 부탁드렸을지 모릅니다.

고난과 역경이 생겼을 때 처음부터 누군가의 도움을 받고자 하기보다는, 먼저 이를 해결하기 위한 노력을 하게 되었습니다. 물건을 구입하려고 용돈을 모으는 사소함이 확장되어, 진정한 삶의 자세가 무엇인지 알게 된 것이지요. 비록 몇만 원짜리 운동화에 대한 추억이지만, 그것은 지금 제게 '진리' 이자 '교훈'입니다. 여러분도 한 번 해보세요. 갖고 싶은 물건, 용돈 모아서 직접 사기!

 라쌤의 한 마디

'내돈내산'만큼 떳떳하고 뿌듯한 게 없더라.

여유와 나태

○

6월이면 대학생들은 기말고사를 볼 시기입니다. 기말고사가 끝나면 광란의 MT와 방학이 기다리고 있죠. 한고비만 넘기면 행복한 세상이 찾아오게 됩니다! 너무도 그립네요, 그 시절이. 대학교 3학년 때쯤이었던 것 같습니다. 시험공부는 하루 전에 하는 것이라는 '세상의 진리'를 몸소 실천해오던 저는, 당연하다는 듯이 즐겁게 알코올로 몸을 충전하고 있었습니다. 마침 2010년 남아공 월드컵이 열리던 때라 즐겁게 동기들과 밤을 불태우고 있었지요. 남은 시험도 한 과목. 충분한 '여유'를 즐겼습니다.

그 여유가 어떻게 지나갔는지 모르게 어느 순간, 자연스레 제 방 침대에서 눈을 떴습니다. 아직 7시였기에, 마음 편히 좀 더 눈을 붙이고 싶었지만 배가 고파 깰 수밖에 없었습니다. 속도 좋지 않고, 라면을 끓였습니다. 아점으로 끼니를 때우고 시험공부를 해 볼 생각이었죠. 아실지 모르겠지만, 대학교에서는 시험을 거의 책 한 권을 통째로 보는 경우가 많아서 그만큼 시험 범위가 넓습니다. 하지만 하루, 대여섯 시간만 투자하면 충분히 해낼 수 있다는 점! 조금 쉬었다가 공부를 시작하려 했던 그 순간, 놀라운 일이 벌어지고 말았습니다. 텔레비전에서! 다름 아닌! 드라마가 방영되고 있었던 것입니다! 왜 드라마를 아침에 하는지 궁금해 하던 그때, 전 충격에 휩싸이고 말았습니다. 아까 제가 봤던 7시라는 시간은 오전이 아닌, 오후였던 것이었습니다! 미치고 팔짝 뛸 노릇이었지요. 친구들과 새벽경기를 보고 아침에서야 귀가했단 사실을 정말 새까맣게 잊고 있었습니다. 그야말로 종일 잠만 잤던 거죠.

깨질 듯한 머리와 쓰라린 속을 부여잡고 다급히 책을 펼쳤지만, 마음이 급하니 오히려 공부는 더 되지 않았습니다. 당연히 다음 날 시험도 망쳐버렸지요. 제가 누렸던 '여유'는 한순간 '나태'로 바뀌어버렸습니다.

벼락치기. 늘 우리 곁에서 우릴 유혹하는 달콤한 그 한 마디는 어느 순간 우릴 망쳐버릴지 모를 위험한 존재입니다. 잘못된 습관이 여러분을

지배해버리기 전에, '미리'라는 소중한 가치와 함께 하길 바랍니다. 주말

엔 뭘 할 건가요?

 라쌤의 한 마디

여유와 나태, 자신과 자만 그리고 성공과 실패. 모두 한 끗 차이!

이름 모를 잡초야

○

저희 어머니의 여러 꿈 중 하나는 '정원 있는 집'에 사는 것입니다. 어머니께선 20년 넘도록 꽃꽂이를 했고, 한때 꽃가게를 운영하기도 했습니다. 직업으로서의 꽃꽂이가 아니라, 직접 가꾸고 아름답게 꾸밀 수 있는 정원을 갖고 싶다고 하십니다. 제가 딱! 정원 있는 멋진 집을 선물해 드리고 싶지만! 우선 대출을 갚아야⋯

우연히 같은 학교 수학 선생님과 그 '정원'에 대한 이야기를 나눈 적이 있습니다. 직접 정원을 가꾸는 선생님입니다. 날이 좋을 때면 학교 선생님들을 초대해 바비큐 파티도 하고, 텃밭에서 채소도 직접 재배한다고 합니다. 이야기를 들으며 그저 부러워하는 저를 보더니, 정원을 가꾸는 게 물론 즐겁기는 하지만 그만큼 힘이 든다고 말합니다. 땅이 넓으면 넓을수록 뽑아야 하는 잡초의 양이 늘어나기 때문이라고요. 그런데 갑자기, 궁금증이 생겼습니다.

"선생님, 그런데 어떤 게 잡초에요?"

"내 맘에 안 들면 잡초지 뭐."

헐. 그것은 충격이었습니다. 온몸의 혈액이 혈관을 타고 거꾸로 치솟는 느낌이었습니다. 잡초. 사실 알고 보면 그것들도 다 이름이 있는, 여느 식물들과 다름이 없는 것이었습니다. 다만 키우려는 식물이 아닌데 내 정원에서 자라고 있다면, 그것은 뽑아 없애버릴, '잡초'가 되는 것이지요.

어쩌면 우리도 어느 순간 뽑혀버릴 '잡초'가 될지도 모릅니다. 있어서는 안 될 곳에 있는 잡초 취급을 받게 될지도 모르는 것이지요. 우리가 사는 이 사회에서 그리고 그 안의 어느 집단에서, 우린 과연 어떤 존재일까요? 다행히 진짜 잡초와는 다르게 우린 스스로 빛깔을 가꾸고 정성스럽게 성장할 수 있습니다. 본인의 노력만 있다면 말입니다.

적어도 대한민국에서 '교사'로 불리는 이들에게 청소년 여러분은 절대 잡초가 될 수 없습니다. 꽃을 피울 때까지 열심히 물을 주고 햇살을 받을 수 있게 노력할 것이 분명합니다. 부디 아름다운 색채를 뽐내며 자라주십시오. 그리고 학교를 벗어난 어떤 곳에서든 '잡초' 취급을 받지 않도록, 늘 애써주길 부탁합니다. 이 사회가 필요로 하는 인재, 이 세계를 밝은 색채로 가득 채울 수 있는 존재, 그게 바로 여러분입니다.

라쌤의 한 마디

절대 뽑히지 않는 단단한 풀이 되는 것도, 어쩌면 한 가지 방법일 테지.

우리 삶에도
모의고사가 있다면

○

저와 동생의 나이 차는 열 살입니다. 무려 10년! 저를 출산한 후 어머니께선 나팔관이 막히는 고통을 겪었고, 더는 임신이 불가하다는 판정을 받았습니다. 그런데 10년 만에 기적적으로 자연 치유가 되어 소중한 아이를 가질 수 있게 된 거죠. 그 아이가 제 동생입니다.

여러 친구 이야기를 들어보면 형제자매나 남매끼리 사이가 막역한 관계는 흔치 않더라고요. 심지어 거의 '원수'처럼 지내는 사이도⋯. 저와 동생은 단 한 번도 다퉈본 적이 없습니다. 다툴만한 일도 없었고, 다툴만 한 나이 차이(?)도 아니니까요. 그렇다고 어색한 관계도 아닙니다. 때론 친구 같고, 때론 이 녀석이 형처럼 느껴질 때도 있답니다.

동생이 군대 가기 전 마지막 주말이 생각납니다. 낮엔 초밥이 먹고 싶다고 하여 초밥뷔페도 데려가고, 저녁엔 맥주가 먹고 싶다고 하여 호프집에 가서 안주 잔뜩 시켜놓고 술도 먹었습니다. 돈도 많이 쓰고 시간도 많이 썼지요. 휴가를 나왔을 때도 이것저것 많이 사 먹었습니다. 소고기도 사주고, 참치회도 사주고 신발도 사주고 영화도 보여주고. 나름 잘 챙겨준 것 같으면서도 많이 미안합니다. 군대가 얼마나 힘든 곳인지 전 알고 있었으니까요! 하나밖에 없는 형인데 이것밖에 못 해주다니! 주말에 집에 가서 옷이라도 한 벌 사줘야겠습니다.

고3 학생들은 해마다 6월이 되면 굉장히 중요한 모의고사를 치릅니다. 수능을 관장하는 교육과정 평가원에서 문제를 출제해서 많은 수험생들 초긴장 상태로 시험에 임하곤 합니다. 몇몇 친구들은 시험 시작 5분도 되지 않아 몽땅 찍고 자는 모습도 보이지만. 시험 감독을 하며 금세 지쳐버리는 우리 반 아이들을 모습을 보면, 우리의 삶도 모의고사처럼 연습해볼 수 있는, 그런 기회가 있었으면 좋겠다고 생각합니다. 후회라는 부정적인 심정을 갖지 않을 수 있지 않을까 하는, 뭐 그런 생각.

어찌 되었든 간에, 우리의 삶에 연습이란 없습니다. 한 번밖에 없는 것이지요. 그런데 놀랍게도, 마치 연습한 것 같은 기회를 가질 수 있는 방법을 제가 방금 생각해냈습니다! 궁금하시죠? 답은 바로, 접니다. 저는 여러분과 거의 비슷한 삶을 살았습니다. 흔히 이런 걸 '경험'이라고 하죠. 저도 평소에 입시나 국어 수업과 관련해서 궁금한 점이 있으면 주위에 계신 여러 선배 선생님들의 '경험'에 많이 의지하곤 합니다. 선생님의 말 한 마디가 갑자기 툭, 튀어나온 것이 절대 아니기에.

분명 겪어왔던 삶 속에서 얻었던 여러 교훈을 머릿속에 간직하고 있기에, 그것이 여러분에게도 어쩌면 조금이나마 도움이 될 수 있을지 모릅니다. 열심히 살아야겠습니다. 친구들 삶의 모의고사가 되기 위하여.

라쌤의 한 마디

타인의 삶에서 배움을 찾는 것과 타인의 삶을 답습하는 건 분명 다른 거야. 무작정 따라 하는 것이 아닌, 나만의 삶으로 승화시킬 필요가 있어!

아직 자니?

○

제가 근무하고 있는 학교는 경기도 안성에 있는 한 사립 고등학교입니다. 꿈이 국어 선생님이었기에, 언젠간 국어 선생님으로서 살고 있을 것이란 생각은 했습니다. 그런데 그 장소가 경기도 '안성'이 될 것이라고는 전혀 생각하지 못했지요.

2012년, 대학을 졸업하고 전 당연(?)하다는 듯이 백수가 되었습니다. 뭐, 대부분 사범대 졸업생들이 거치는 과정이기에 저도 한 해 동안 열심히 도서관을 다니며 공부를 했습니다. 앞서 이야기했지만, 임용시험을 두 달쯤 앞둔 어느 주말 마지막으로 친구들과 축구 시합을 했는데 그 마지막 시합에서 전 발목 골절이라는 부상을 당했고, 목발을 짚은 채 임용

시험을 치러야 했지요. 결과는 불합격!

상심이 컸습니다. 또 한 해를 도서관에서 보내고 싶지는 않았습니다. 그래서 여러 사립학교 시험장을 다니며 재도전을 했고, 생각지도 못하게 집 근처 중학교에 합격하게 되었지요. 그래도 나름 지난 1년 도서관에서 열심히 전문성을 쌓아 온 덕에 교사로서 자질을 인정받을 수 있었습니다. 계약직이었지만, 당시(물론 지금도 마찬가지이지만) 사립학교 기간제 근무도 하늘의 별 따기 수준이었으니, 굉장히 기쁜 일이었습니다. 이 중학교에서 열심히 근무하다 보면 정규직으로 채용될 수도 있겠다는 생각에 최선을 다해서 아이들을 지도했습니다.

그렇게 일 년이 지나고, 학교에선 정말 정규직 교사를 채용한다는 공문을 냈습니다. 전 틈틈이 전공 시험 준비를 해 왔습니다. 낮엔 교사로, 밤엔 수험생으로 일 년을 보냈죠. 나름대로 열심히 했으니 좋은 결과가 있을 거란 생각을 했는데…. 놀랍게도 정규직 채용 시험에는 국어과 전공 시험뿐만 아니라 '영어 시험', 심지어 토플 수준의 영어 시험이…. 솔직히 지금도 잘 이해가 되지는 않습니다. 국어교사 선발하는데 왜 영어 시험을 보는 건지….

전 그렇게 낙담한 채 또 다른 사립학교 시험을 준비해야 했습니다. 그러던 중, 지금 근무하고 있는 재단에서 국어교사를 채용한다는 공지가 교육청 홈페이지에 게시되었고, 전 그 시험에 응시하게 되었지요. 물론 큰 기대를 한 것은 아니었습니다. 1차 시험장에 들어가자마자 너무 놀랐거든요. 한 명을 뽑는 시험에 무려 30~40여 명의 지원자가 와 있었기 때문입니다. 나이 지긋한 어르신도 계셨고, 저보다 한참 어려 보이는 대학교 졸업예정자도 있었지요. 그런데 정말 이상했습니다. 시험문제가 생각보다 너무 쉽게 풀리는 것이었습니다. '이러면 아무도 안 틀리는 거 아닌가.' 그날 저녁 전화 한 통이 걸려왔습니다. "1차 시험 합격하셨으니 면접 및 수업 시연 준비해오시기 바랍니다." 1차 시험에선 다섯 명을 선발하는데 그 다섯 명 안에 제 이름이 있다니, 무지하게 놀랐습니다. 지난 시간의 노력이 보상받는 기분이었죠.

그렇게 2차 시험도 가까스로 합격하여 최종 선발되었습니다. 문제는 여기서 끝이 아니었단 것입니다. 전 집에서 가까운 고등학교에 배정될 줄 알았거든요. 태어나서 한 번도 발을 디뎌본 적이 없는 안성에서 교사 생활을 하게 될 줄은 몰랐습니다. 다행히 일 년 동안 월급을 잘 모아둔 덕에 작은방 하나를 구할 수 있었습니다. 불확실한 미래를 생각해서라도, 힘들게 번 돈을 막 쓸 순 없었거든요.

우린 우리에게 무슨 일이 일어날지 절대 예측할 수 없습니다. 오늘 점심시간 갑자기 발목이 부러질지도 모르고, 언제 상처를 받고 언제 사랑을 받을지 전혀 알 수가 없습니다. 하지만, 우린 준비할 수 있지요. 어떤 일이 일어났을 때 그것에 대한 대처를 '미리' 할 수 있단 말입니다.

잠만 자고 있으면 안 됩니다! 늘 깨어 있어야 해요! 준비하세요!

라쌤의 한 마디

늘 깨어 있는 방법? 지금 해야 하는 일을 하기!

불행해지는 법

○

오직 자신에 대해서만 생각하십시오. 주변 사람들 따윈 무시하고, 오직 자기 자신만을 위해, 자신의 이익이 될 수 있는 것만을 생각하십시오. 나의 이익을 위해서 다른 이가 희생을 겪는 건 그다지 상관이 없습니다. 그들의 피해는 당연시하시고, 한 번이라도 더 자신을 위한 생각을 하십시오. 네 것은 내 것, 내 것도 내 것!

'나'라는 말을 최대한 자주 쓰세요. 나부터, 나 먼저, 나만, 나를 위해, 나의 욕심을 채우기 위해 노력하고, 절대 타인 중심이 되지 않도록 하세요. 세상엔 나밖에 없다고 생각하고, 나 위주의 삶을 살도록 하세요. 세상의 중심은 바로 나! 오직 나만이 이 광활한 우주를 움직일 수 있다!

언제나 의심하세요. 절대 믿어선 안 됩니다. 누군가 잘해주려 한다면, 그것은 거짓입니다. 나를 이용하려는 속셈이 숨어있다고 생각하십시오. 믿음을 주게 되면 분명 되돌아오는 것은 피해, 손해와 같은 것들일 테니까요. 신뢰가 있어선 안 됩니다. 드라마 명대사 기억하나요? "의심하고 또 의심하셔야 합니다!"

남을 질투하고 시기하십시오. 나보다 좋은 성과를 보인 사람이 있어선 안 됩니다. 배려나 양보는 절대 있어선 안 됩니다. 그리고 그들을 막기 위해 노력하십시오. 언제나 나라는 존재는 그들보다 위에 있어야 합니다. 질투하시고, 시기하십시오. 그들보다 나은 나를 위해서. 네가 해낸 건 개나 소나 다 할 수 있는 거야. 내가 한 건 나만 할 수 있는 거라고. 넌 나한테 안 돼!

남이 당신을 비판하면 절대 용서하지 마십시오. 누구도 나의 잘못을 비판할 순 없습니다. 나라는 존재는 잘못을 하는 사람이 아니니까요. 나의 모든 행동은 옳고, 그름이 없습니다. 감히 비판한다면, 비판을 하는 그 사람이 잘못된 것이지요. 어디 감히 나한테 큰 소리야! 너 따위가?

어때요? 참 쉽지요? 앞에서 나열한 방법 모두, 여러분이 불행해지는 방법입니다. 원하시면 지금 당장 실천해보는 건 어떨까요? 지금 옆에 있는 누군가에게 얼른 시도해보세요! 마음만 먹으면 정말 금방이랍니다!

아, 불행해진 뒤 다시 행복을 찾는 건 정말이지 매우, 힘들지 모릅니다. 참고하세요!

 라쌤의 한 마디

살은 찌긴 쉬워도 빼기는 엄청나게 어려운 것처럼,
한 번 불행해지면 되돌리기 쉽지 않아.

무심코

○

2007년부터 2년간 포항에서 군 복무를 했습니다. 짧게는 며칠, 길게는 몇 달간의 차이가 있긴 하지만 그래도 함께 오랜 기간 동고동락했던 이들을 절대 잊을 수가 없지요. 전역한 후에도 종종 연락해서 만나기도 하고, 통화도 하고 그렇게 지내고 있습니다.

언젠가 집에서 쉬고 있는데 정말 오랜만에 군대 후임에게 전화가 왔습니다. 이번에 직장을 옮기는데 안성 근처로 가니 조만간 만나자는 이야기로 시작해서, 10년 전 군대 생활 이야기까지, 꽤 오랫동안 전화 통화를 했습니다. 문득 드는 생각인데, 저는 군 생활을 아주, 매우, '퍼펙트'하게 보냈습니다. 선임들에겐 충성스러운 후임으로, 후임들에겐 촉망

받은 선임으로, 매우 모범적인 생활을 했다고 할 수 있지요. 물론 저의 생각입니다만.

제가 군 생활을 하던 곳에서는 전역하기 전날 밤, 소대원들끼리(소대원은 15명 정도 됩니다.) 과자파티를 열며 그간 하지 못했던 말을 주고받는 시간을 가집니다. 그 순간에는 평소 어려워서 꺼내지 못했던 '이제 너를 안 봐도 돼서 무척이나 행복하다'라든지, '사회에서 만나면 아는 척하지 마라'와 같은 '속에 있는 말'을 정답게(?) 나누곤 합니다. 제가 전역하기 전날 밤에도 우리 소대원들은 작은 전역 파티를 가졌습니다. 놀랍게도 제가 떠나 아쉬워하는 후임들의 울먹이는 목소리가 들려왔습니다.

"진짜 밖에서도 만나고 싶습니다!"

"이제 형이라고 부르면 안 되겠습니까?"

"정말 제 군 생활의 정신적 지주셨습니다!"

'이 녀석들. 그래도 잘해준 보람이 있구나' 하고 생각하는데!

"제가 처음 왔을 때…"

까마득한 이병 중에서도 초초초초, 막내인 이병 한 명이 한 마디 하는데, 정말 심장이 쿵, 하고 멎는 기분이었습니다. 처음 배치를 받고 소대원들에게 한 명 한 명 인사를 하고 다니는데, 제가 텔레비전을 보느라

"됐으니 나가!"라고 했다는 것이었습니다. 자신이 TV 프로그램만도 못한 인간이 된 것 같아 서운했다는 그 막내 이병의 말을 듣게 된 것이지요. 물론 뒤에 그래도 평소에 잘해주셔서 감사했단 말을 덧붙이긴 했지만, 마음속 한편에선 미안한 감정이 지워지질 않았습니다.

어떤 상처는 나도 모르게 남에게 새겨질 수도 있습니다. 무심코 던진 돌이, 무심코 휘두른 주먹이, 무심코 뱉은 말이 누군가에겐 다름 아닌 '상처'로 남을 수 있단 것입니다. 늘 조심하고, 신경 쓰고, 생각하는 습관이 필요하겠지요. 물론 반대의 경우도 있을 겁니다. 무심코 뱉은 따스한 한 마디가 누군가에겐 크나큰 힘이 될 수도 있다는 것!

라쌤의 한 마디

좋은 말하기 습관, 연습으로 충분해.
좋은 글을 읽고, 좋은 생각을 많이 해보자!

눈빛만 봐도
알 수 있잖아

○

2015년, 온 대한민국이 떠들썩했던 일이 있었습니다. 메르스 사태! '메르스' 혹은 '중동호흡기증후군'이라 불리는 이 녀석으로 인해 많은 인명피해가 발생했습니다. 2020년의 코로나19 사태처럼 전염성이 강해 발병이 의심되면 무조건 격리조치가 감행되었고, 심지어 학교는 임시 휴교를 하기도 했습니다. 휴교란 말을 들으면 많은 친구가 좋겠다고 생각하지만, 휴교가 있다는 건 방학이 줄어든다는 것. 좋은 것이 아니에요. 물론 여러분도 이제 많이 겪어보셔서 알겠죠.

당시 메르스 때문에 한 달 동안 준비했던 연극대회를 포기했습니다. 제가 담당하고 있는 동아리가 연극반인데, 경기도 청소년 연극제를 위해 거의 반년이란 시간을 투자했었습니다. 동아리 친구들도 처음으로 나가는 연극대회를 위해 밤에도 남아 연습을 했었죠. 그렇지만 대회 장소가 하필이면 확진 판정된 환자가 거주하는 동네였고, 많은 학부모님의 반대로 대회는 무산되었습니다. 괜히 친구들에게 미안해졌습니다.

휴교 기간, 갑자기 생긴 여유로 TV나 보고 있었는데, 정말 안타까운 소식을 접할 수 있었습니다. 메르스 때문에 격리조치를 받았던 사람들이 사회적 낙인으로 인해 생활에 어려움을 겪고 있다는 사실이었습니다. 직장에서 쫓겨나고, 학교에서 왕따 당하고, 심지어 동네 슈퍼마켓에도 갈 수 없는 상황이었던 것이죠. 이미 격리조치가 해제되어 정상적인 생활을 할 수 있는 사람들임에도 말입니다.

낙인이란 참 무서운 것이란 생각이 들었습니다. 한 번 어긋나면 다시 돌이키기 정말 어려운 것이지요. 학교에서도 마찬가지입니다. 정말 죄송한 말씀입니다만, 지각하면 얜 맨날 지각하는 학생인 것 같고, 싸움하고 오면 얜 맨날 싸움만 하는 학생인 듯한 느낌. 선생님이 그러면 절대 안 되는데… 솔직히 저도 사람인지라 그런 생각이 들 때가 있습니다. 분명, 잘못된 생각입니다만.

앞으로는 반드시 '옳은 생각', '옳은 판단'을 해보려고 합니다. 지각했지만 다시는 지각을 하지 않기 위해 노력하는 학생으로, 싸우고 왔지만 다시는 그런 잘못된 행동을 하지 않겠다는 단단한 다짐을 한 학생으로 말입니다. 그렇게 생각하는 게 맞겠지요.

'코로나19'로 전 세계인들이 아파하고 있습니다. 주변에 코로나로 아파하는 이들이 있진 않은지, 한 번 둘러보세요. 비난보단 사랑과 관심이 필요한 요즘입니다.

 라쌤의 한 마디

남들의 시선 따위 신경 쓸 필요 없다지만,
이놈의 사회생활은 쉽게 그걸 허락해 주지 않더라.
세상을 바꾸는 움직임은 '나'부터 시작되는 거야!

하지에는
무엇을 하지?

○

6월 20일 즈음에는 일 년 중 낮이 가장 긴 날이 있습니다. 우린 이 날을 '하지 夏至'라고 부릅니다. 24절기 중 열 번째 절기에 해당하는 '하지'는 일 년 중 태양이 가장 높이 뜨고 낮의 길이가 길기에 북반구의 지표면은 태양으로부터 가장 많은 열을 받는다고 합니다. 열받지 않도록 사랑으로 서로를 대해야겠지요?

사실 제가 하고 싶은 말은 하지라는 절기의 과학적 탐구, 뭐 이런 것은 아닙니다. 제가, 이것을, 알고 있다는 것이 중요합니다! 심지어 저는 24절기를 안 보고 다 외울 수 있답니다. 제 자랑을 하려는 건 아닙니다. 초등학교 5학년 때 담임 선생님 이야기를 하려고 합니다.

1학년 3반 종례신문

어느 날 담임 선생님이 종이 한 장씩 나눠줬습니다. 그곳엔 24절기가 모조리 적혀 있었지요. 그리고 선생님은 이 24절기를 순서대로 모두 외우라고 했습니다. 저와 친구들은 영문도 모르고 그것을 달달 외웠지요. 아시겠지만 그땐 선생님이 시키시면 군말 없이 해야만 했거든요. 사랑의 매가 허용되던 시절이라…. 그냥 순서대로 외우는 것에 급급했습니다. 입춘, 우수, 경칩, 춘분, 청명, 곡우…. 하지만 뇌리에 정확히 박힌 그 내용은 20년이 지난 지금도 잊히지 않고 머릿속에 그대로 남아 있습니다. 심지어 새로운 지식과 결합해 24절기는 양력으로 적용되는 것이며, 각각의 절기는 농사에 큰 영향을 주는 것이며 등.

특히 국어교사가 되어 고전시가 작품들을 공부할 때 이런 24절기가 큰 도움이 되기도 했습니다. 사소하고 별것 아닌 것 같은 이 조그마한 지식이, 제 삶에 영향을 끼칠 수 있다는 것을 알게 된 소중한 경험이었지요. 우리가 지금 학습하는 많은 것 중 절대 우리 삶에 부정적 영향을 주는 것들은 없을 겁니다. 당시엔 그 순간이 고통스럽게 느껴졌지만, 시간이 흐르고 나면 그 고통은 성장의 밑거름이 되어 스스로 더 단단하게 만들어 줍니다.

선생님은 24절기뿐만 아니라 헌법 전문, 천자문 등을 외우게 했어요.

정말 힘들었어요. 그렇지만 힘들어도 좋다! 언제 어디에서 우릴 위해 멋진 역할을 해줄지 모를 수많은 지식이 여러분을 기다리고 있답니다.

하지엔 무엇을 하지? 공부를 하지! 하하하하! 교과서에 담긴 문제를 풀어보는 것도 좋지만, 삶에 도움이 될 만한 수많은 지식을 찾아보는 일도 꼭 해봤으면 좋겠어요.

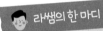 라쌤의 한 마디

지금 머릿속에 담는 지식이 언제 어디에서 빛을 발하게 될지 모른다는 것!

기부 앤 테이크

○

매달 월급이란 걸 받습니다. 여러분도 나중에 직장이 생기면 알겠지만, 월급은 제 통장을 '지나가는' 녀석입니다. 월급이 들어온 지 3일 정도 되면, 그 녀석은 흔적만 남기고 사라집니다. 다행히 흔적은 남깁니다. 그걸로 한 달 먹고사는 거죠. 아니, 난 결혼도 하지 않았고 처자식도 없는데 나중엔 어쩌려고 이러는 거지…. 다행히 극히 일부는 적금이란 이름으로 조금씩 몸집을 불리고 있긴 합니다만, 참 각박합니다. 물가는 오르는데 왜 월급은 그대로인 거야.

은행에 빚을 지기 시작하고, 세상을 바라보는 눈이 많이 흐려졌습니다. '안' 혹은 '못'과 같은 부정적인 표현들이 머릿속을 채우기 시작했죠.

내가 가지지 못한 것들을 가진 이들의 세상을 부러워하게 되었고요. 이 놈의 SNS가 문제. 아니 경기는 어렵다는데 다들 어떻게 방학만 되면 비행기 타고 온갖 세상 구경을 다 하고 다니는 것인지, 이해가 되지 않더군요. 에라! 국내 여행이라도 가봐야겠다 싶어서 열차를 예약하려는데, 같이 가겠다는 친구가 없는 겁니다! 우리나라에 경치 좋은 곳이 얼마나 많은데! 정말 너무해.

다행히! 정말 대한민국을 사랑할 수밖에 없는 이유가 아직 존재하고 있었죠. 드라마 강국. 정말 최고. 여러분 나중에 시간되면 아침드라마를 꼭 보세요. 다음 회차가 궁금해서 참을 수가 없다니까요. 저는 TV랑 굉장히 친해서 이사할 때 인터넷 TV를 따로 설치했습니다. 흔히 이야기하는 '드라마 정주행'이 가능합니다. 가끔 결재를 해야 하는 회차도 있긴 하지만, 고작 1,000원 남짓입니다. 여행 가면 10만 원도 금방 쓰는데 뭐, 1,000원쯤이야! 지금 이 글을 읽으며 저를 한심하게 생각하는 것 아니죠? 그래도 드라마는 포기할 수 없다고!

인터넷 TV의 장점이 재방송을 쉽게 볼 수 있다는 것이긴 한데, 분명 단점도 있습니다. 방송을 바로 보여주지 않는다는 것! 꼭 앞에 광고 2~3개가 연달아 나옵니다. 이건 '스킵'할 수도 없어요. 그냥 봐야만 합니다.

그리고 그 광고 중 하나가, 제 삶에 대한 가치관을 완전히 바꿔버렸습니다. 제가 본 광고는 '공익광고'였습니다. 아픈 어린이를 후원해달라는 광고였죠. 이전에도 봤던 광고였는데, 그땐 그리 유심히 보지 않았습니다. 은행 빚이 없었거든요.

예쁜 네 살짜리 여자아이가 정말 세상에서 가장 행복한 표정으로 저를 바라보고 있었습니다. 그리고 멘트가 흘러나왔죠. '심장병 치료비가 막막했던 부모에게 버려진 아이.' 전 부모님 두분 모두 몸 건강히 잘 살아계십니다. 제 심장도 꽤 튼튼한 편이죠. 고작 은행 빚 조금 있을 뿐인데, 왜 세상을 다 잃은 것처럼 생각했을까요. 해외여행? 병원 밖으로 한 발자국도 나가지 못하는 저 아이에겐, 병원 앞마당이 그 어느 세상보다 넓은 곳일 텐데 말입니다. 전 여행 타령이나 하고 있었더라고요.

은행 빚이 적은 건 아니지만, 그보다 세상에 대한 빚을 더 많이 지고 있단 생각을 했습니다. 가진 것이 많진 않지만, 그래도 세상에 빚을 갚으며 살아야 한단 생각을 했습니다. 건강하고, 심지어 사랑하는 가족이 있고, 하고 싶은 일을 하며 살아가고 있으니까요.

기부란 걸 하고 있습니다. 생각 없이 이곳저곳 여러 곳을 후원하게 되었는데, 생각 없이 해도 꽤 괜찮은 시스템인 것 같습니다. 이 기부란 녀석, 저에게 많은 것을 주고 있거든요. 물질적인 무언가를 주진 않지만, 비어있던 마음을 한가득 채워줍니다.

그야말로 기부 앤 테이크!

마음은 나눈다고 깎이지 않아요, 절대!

7월

어느 식사 자리에서 선배 선생님께 이 이야기를 드렸더니 답을 주셨습니다. 한 방 얻어맞은 기분이었죠. 내가 느끼는 이 '쫀쫀함'이 세상을 바꾼다는 말이었습니다. 우리 아이들이 대한민국의 미래이고, 아이들 부모님의 미래이며, 나의 미래이니까. 내가 쫀쫀하게 고민하는 이 순간이 대한민국의, 아이들 부모님의, 나의 미래를 좌지우지하는 위대한 순간이라면 얼마든지 쫀쫀해도 좋은 거라고.

여러분의 다른 이름은 '미래'라는 걸 그때 알았습니다. 고민하고 또 고민해도 괜찮다는 걸 알았죠. 아마 대한민국의 많은 선생님이 같은 마음이실 겁니다. 그러니 여러분은 걱정하지 말고 달리세요! 미래를 향해!

고통의 숫자, '7'

○

7월입니다. 한 학기를 마무리하는 시간이지요. 기말고사를 보기도 할 것이고, 방학 계획을 세우기도 할 것입니다. 모든 걸 다 떠나서 7월은 너무 더워요! 불평불만이 가득한 계절, 여름. 일반 직장에 다니는 친구들은 7월만 되면 절 매우 부러워합니다. 방학 내내 놀 줄 알았나 봐요….

방학, 특히 여름방학엔 쉬어본 기억이 없습니다. 방학 보충 수업이 있으므로! 심지어 언제부턴가 여름방학은 매우 짧아졌습니다. 더울 땐 집에서 에어컨 틀고 수박 먹으며 텔레비전 보는 게 최고인데… 땀 삐질삐질 흘리며 학교로 갑니다. 7월은 그렇게 기분 좋은 달은 아닌 것 같아요.

여러분은 '7'이라고 하면 어떤 생각이 드나요? 7이란 숫자는 행운을 상징하기 때문에 많은 사람이 선호하는 숫자입니다. "1부터 10까지 중에 아무 숫자나 골라봐."라는 말에 흔히 우린 7을 고르곤 합니다. 서양의 종교와 관련된 의미에서 행운을 떠올리기도 하지만, 문화에 따라서는 굉장히 불길한 숫자로 여겨지기도 한답니다. 그런데 제가 오늘 여러분께 말씀드리고 싶은 7은 조금 다른 의미를 지니고 있습니다. 발목 골절로 입원했을 때 처음 알게 된 사실인데, 침대마다 병원에서 개발한 듯한 '통증의 수치'가 안내되어 있었습니다.

사람의 통증을 0부터 10까지의 수치로 나타낸 표였는데, 만일 그것이 7을 나타내면 이는 버티기 힘든 매우 고통스러운 수치라는 내용이었습니다. 뼈가 으스러진 발목 때문에 느껴지는 고통은 도대체 어느 정도의 수치일지 궁금했죠. 자세히 읽어보니, 고작 5단계! "우와. 이게 5라고? 말이 돼?"라며 혼자 중얼거리다가 놀라운 사실을 발견했습니다! 수많은 사람이 7단계의 수치를 지닌 고통을 참아낸다는 사실! 7단계에서 느끼는 통증은 진짜, 레알(?) 통증이라서 '진통'이라 부른다고 하더군요.

그리고 그 진통은 다름 아닌 '산통'에서 확인할 수 있다는 나름 충격적인 설명이 있었습니다. 인간이 느낄 수 있는 매우 힘든 통증인 '산통'. 우리의 어머니들은 진정한 고통을 인내하여 우리를 낳았습니다. 우리가 지금 아무리 힘든 고통을 겪고 있다 하더라도, 아마 어머니의 산통만은 못할 것입니다. 고통의 인내 속에 피어난 한 줄기 꽃이 바로 여러분입니다. 그런데 그 꽃이 다채로운 빛깔이 아닌 무채색을 띠며, 향기가 아닌 악취를 뿜어낸다면 그 꽃을 피운 어머니란 이름의 정원사는 너무 슬퍼하지 않으실까요?

힘들어서, 그 고통에서 벗어나고 싶을 때가 많을 겁니다. 그럴 때마다 숫자 '7'을 떠올려보기를. 과연 내가 겪고 있는 통증이 산통에 비할 수 있는지.

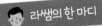
라쌤의 한 마디

아플 때는 나를 위로하는 연습을 해봐. 그러면 덜 아플 거야.

108킬로그램

○

지금 근무하고 있는 학교에서는 빠짐없이 '남학생반' 담임을 맡았습니다. 남녀공학 학교이지만, 보수적인(?) 학교 분위기가 있어서인지 총각 선생에게 여학생반 담임을 맡기지 않더라고요. 뭔가 말로 설명하기 힘든 그런 이유가 있지 않나, 그런 생각을 해봅니다. 어떤 학급이든 분위기가 다르고, 그 매력이 다릅니다. 같은 남학생반이라도 굉장히 거친 분위기의 학급이 있기도 하지만, 반대로 굉장히 섬세하고 얌전한 남학생반도 있습니다.

이상하게도, 꼭 제가 담임이 되는 반 아이들은 굉장히 거칠고 야성적인 매력을 뽐내곤 했습니다. 친구들끼리 대화를 주먹과 발길질로 대신

하는 친구들도 많이 있었고, 학교 교칙 따윈 가볍게 무시하는 친구들도 꽤 있었습니다. 덕분에 저의 교사 생활은 늘 지루하지 않고 행복했답니다! 특히, 수업하면서 지치는 경우가 많았는데 수업 내용보다는 다른 재밌는 이야기를 해줄 때 집중을 잘했습니다. 남학생들이 좋아하는 여러 이야기 주제가 있죠. 단연 1순위는 축구! 유럽 축구가 엄청 인기 있다 보니 시간이 되면 하이라이트 영상을 보여주기도 했습니다. 그다음으로 좋아하는 이야기는 '군대 이야기'입니다. '곧 가야 하는' 그곳, 군대. 미지의 세계에 대한 두려움과 기대감으로 아이들은 군대 이야기에 흠뻑 빠지는 경우가 많았습니다.

선생님은 군 생활을 무려 해병대(!)에서 했습니다. 해병대에서 특수하게 수행하는 훈련이 있는데, 바로 'IBS Inflatable Boat Small' 훈련입니다. 쉽게 말하면 고무보트를 타고 바다에 나가 적들과 싸우기 위한 준비를 하는, 뭐 그런 훈련이에요. IBS 보트는 무게가 108킬로그램입니다. 그 무거운 보트를 가지고 별별 훈련을 다 하는데, 가장 힘든 훈련은 6인 1조로 하여 보트를 머리에 이고 행군을 하는 것입니다. 일명 '헤드 캐리어!' 사실 여섯 명이 108킬로그램을 나누어진다고 하면 18킬로그램 정도밖에 되질 않습니다. 버틸만하다는 말이지요. 그런데 시간이 지나면 개인이 부담해야 할 무게는 조금씩 늘어나게 됩니다. 누군가가 힘을 빼고 자신이 책임져야 할 무게를 남에게 전가하기 때문입니다. 그게 누적되면 점점 버티지 못하고, 와르르 무너지게 됩니다.

우리에겐 우리에게 주어진 책임이 있습니다. 자식으로서, 학생으로서, 그리고 인간으로서 지키고 행해야 할 책임. 그 책임을 다하지 않는다면 누가 그것을 대신해 주겠습니까. 다른 이가 나 대신 고생하여 그 책임을 완수해 주는 것에는 분명 한계가 있을 것입니다. 무너져버릴지도 모른다고요!

여러분에게 주어진 책임을 다할 때 비로소 책임을 완수했던 것에 대한 대가도 얻게 될 것입니다. 아무것도 하지 않은 채 바라기만 하는 건 절대 불가능한 일이라는 것, 알죠?

라쌤의 한 마디

어디서든 내 목소리를 확실히 내고 싶다면,
우선 할 일은 확실히 해놓은 상태여야 내 말에 힘이 실릴 거야.

'지랄총량'의 법칙

○

여름방학! 이름만 들어도 설레는 그 이름! 그렇지만 우리는 행복한 시절을 맞이하기 위한 난관을 이겨내야만 합니다. 방학 직전에 있을 그 시험! 1학기 기말고사. 심지어 시험이 끝나고 나면 성적표도 나올 것이고, 행복한 방학을 보내기 위해선 성적표를 감춰서…. 다 소용없어요. 성적표는 몇 번이고 다시 뽑을 수 있거든요. 학부모님! 담임에게 연락하세요! 또 뽑아주실 겁니다!

성적표를 보면 가장 먼저 떠오르는 건 아마 성적표를 보여드려야 할 '그분'일 겁니다. 스마트폰 압수, 용돈 삭감 등 어떤 고난과 역경이 여러분을 찾아오게 될지, 저도 참 슬픕니다. 하지만 여러분을 위해 선생님이 탁월한 변명거리를 마련했으니 잘 읽고, 꼭! 써먹길 바랍니다.

　선생님이 여러분보다도 더 어릴 적, 불의를 보면 잘 참지만 축구 경기에서 지면 절대 못 참던 모나고도 모난 성격 탓에 선생님은 시도 때도 없이 친구들과 다퉜답니다. 지나친 승부욕 때문에 쉽게 흥분해버리곤 했지요. 어머니께선 자주 학교에 들락날락하셨습니다. 초등학생이라 그 정도로 끝났지, 중학생이나 고등학생이었다면 징계도 참 많이 받았을 거라 생각됩니다. 징계가 아니라면, 사랑의 매와 늘 함께 했겠죠…? 그 전에 정신을 차려 참 다행입니다. 어쨌든, 저희 어머닌 많이 힘들어 하셨습니다. 친구와 다투고 나면 가장 큰 문제가 뭐냐면, 학교에서 혼나고 끝나는 것이 아니라는 점이죠. 집에 가서 또 혼나야 해! 사실 다툰 친구랑은 금방 화해를 하거든요. 그렇지만 혼나는 건 너무 힘들어. 언젠가 잔뜩 어머님께 혼이 나고 있던 그때 저의 구세주 아버지께서 한마디 하셨습니다.

　"지랄총량의 법칙이란 게 있어서, 저놈 커서는 우리한테 정말 잘할 거야."

　'지랄총량'의 법칙. 인간이라면 누구나 정해진 만큼의 '지랄'을 해야 한다는, 21세기에 딱 어울리는 분석적이고 철학적인 아버지의 이론이었습니다. 어릴 때 정해진 '지랄'의 총량을 채워놓으면, 커서는 쓸 수 있는 양이 없으니 이제 말을 잘 들을 것이란 이론입니다. 여러분도 충분히 써먹을 수 있습니다.

"넌 대체 왜 만날 그 모양이니!"

"어머님, 지랄총량의 법칙을 아십니까? 제가 지금 말 안 듣고 말썽만 일으키지만, 사람은 누구나 정해진 만큼만 '지랄'을 할 수 있어서, 아마 전 커서 효도할 게 분명하다고요!"

물론, 그다음은 책임 못 집니다. 그냥 열심히 공부하는 편이….

 라쌤의 한마디

아직 덜 컸는지, 효도를 못 하고 있습니다. 언젠간 꼭 효도해요, 우리.

젊은 패기

○

여름방학이 다가오면 선생님들은 정신없이 바쁜 시기를 보내게 됩니다. 생활기록부 정리! 한 학기를 정리하기 위해 그야말로 고군분투하는 시기지요. 날도 더운데, 참 많이 지칩니다. 종일 컴퓨터 앞에 앉아 키보드를 두드리다 몸과 마음이 다 녹초…. 그때 우리 학교 국어과 최고참 선생님께서 한 가지 이벤트를 제안하셨습니다. 탁구 시합을 해보자!

나이가 가장 어린 막내 교사였던 저는 거의 완벽에 가까운 경기력을 보여주었습니다. 무엇보다 힘이라는 측면에서 가장 앞섰지요. '무조건 세게!' 탁구라는 스포츠를 많이 겪어보진 않았지만 어차피 공이 넘어오면 다시 넘기는, 간단하고도 명확한 논리를 적용해 2승 1패로 예선을 통

과했습니다. 동률인 팀에 (탁구보다 더 쫄깃한) 가위바위보로 승리를 쟁취함으로써 결국 결승까지 진출하게 되었습니다. 결승은, 21점 단세트 경기!

놀랍게도 결승 상대는 최고참 선생님. 정년퇴임이 얼마 남지 않은 선생님의 기분 좋은 추억거리를 만들어드리는 것은 무슨! 승부욕이 강한 저는 여전히 '파워 서브'로 손쉽게 점수를 따냈습니다. 이렇게 누가 보더라도 제가 우승자가 될 분위기였죠. 허나, 그것도 잠시! 제가 리시브할 차례부터 갑자기 급격히 무너지기 시작했습니다. 최고참 선생님의 서브는 거의 마구에 가까웠습니다. 마치 하얀 뱀이 저를 물기 위해 다가오는 것처럼 느껴져 저는 도무지 서브를 받아낼 수 없었죠. 저는 뱀을 싫어하거든요.

하지만, 거기서 포기할 순 없었습니다. 전 제가 가진 장점, '젊은 패기'로 승패를 보기로 마음먹었습니다. 아무리 마구라도, 리시브를 강한 드라이브로 받아넘기면 충분히 승산이 있을 것이라는 판단이었지요. 두세 번 정도 작전이 먹혔습니다. 금방 역전할 수 있을 거라는 자신감이 생겼죠. 그리고 다시 찾아온 최고참 선생님의 서브. 전 준비했던 대로 강한 드라이브로 그 서브를 받아넘기려 했습니다. 그리고 공은 저 멀리, 하늘 끝까지 날아갔습니다. 뭐지? 분명 제대로 받아쳤는데.

선생님의 서브는 처음과 달라져 있었습니다! 상대가 어떤 대응을 할지 정확히 알고 있는 것처럼, 그렇게 자유자재로 공의 움직임을 가져갔습니다. 결국 저는 우승을 내주어야만 했습니다. 젊은 패기만 가지고선, 절대 연륜을 이길 수 없었습니다.

여러분도 아직 젊기에, 충분히 패기와 근성을 가지고 계실 것입니다. 그런데 그 장점은 연륜을 가진 누군가의 노하우, 조언을 받아들일 때 더욱 빛이 나게 됩니다. 저 역시 지난 탁구 시합에서 너무나도 많은 것을 배웠고, 다음에 할 땐 정말 멋진 활약을 할 수 있을 것 같습니다.

무식하게 돌격하지 말고, 반드시 어른들의 조언을 이해하려 노력해봐요. 분명 여러분의 삶에 큰 밑거름으로 작용할 겁니다. 승리를 원한다면, 한 번 해봐요.

🙂 라쌤의 한 마디

경험에 대해 조언해 줄 어른이 없다면, 내가 어른이 되면 됩니다.
어른이 되어가는 과정이 순탄치만은 않겠지만.

장마철엔
비가 올 텐데
○

제가 학급 운영을 하면서 중요하게 여기는 것 중 하나가 '소통'입니다. 학교란 공간이 단순히 공부하고, 시험 보고 그렇게 끝나는 곳은 아닐 겁니다. 친구들의 진정한 성장을 도모하기 위해서, 더 넓은 세상에 나갈 준비를 단단히 해주기 위해서, 꼭 필요한 것이 바로 소통이라 생각합니다. 더불어 그 소통이라는 것이 교사와 학생 사이에만 있어서는 안 되겠단 생각이 들었습니다. 학생이 생활하는 공간이 학교만 있는 것은 아니니까요.

학부모님들과의 소통! 지속적인 대화를 해야겠다고 생각했죠. 그래서 SNS를 통해 매년 학부모님과도 소통합니다. 학교 행사 사진도 업로드하고, 가끔 공지 사항도 전해주죠. 물론 학부모님들도 글을 써주시는데, 기억에 남는 글이 하나 있어 소개해드릴까 합니다.

때는 학부모 간담회가 있던 날! 한 어머님이 참석 후 집으로 돌아가시려던 길이었습니다. 갑자기 내리는 비에 차가 주차된 곳까지 가는 데에도 옷이 흠뻑 젖을 것 같았습니다. 뛰어갈까, 기다려볼까 고민하던 중 갑자기 머리 위로 우산이 하나가 씌워집니다. 한 여학생이 우산을 씌워준 것이었습니다. 우산이 너무 작아 같이 쓰자는 말을 못 했는데, 마음을 알았는지 먼저 다가와 황급히 우산을 씌워주었다고 합니다. 선생님도 아니고, 그저 모르는 아주머니일 뿐인데 말입니다.

"아줌마는 차 타고 집에 갈 거라 괜찮아, 넌 감기 걸리면 안 돼!"
그럼에도 혹여나 머리가 젖진 않을까, 우산은 자꾸 어머님 쪽으로 기울어집니다. 차에 완전히 탈 때까지 우산을 씌워주고서야, 학생은 어머님 곁을 떠났습니다. 마치 라디오에서 흘러나오는 사연처럼 인상 깊은 이야기였습니다.

다음 날 아침 뉴스 일기예보에서 오후엔 비가 온다고 했습니다. 우산을 챙겨야지 하고 보니, 그간 갑작스레 비가 올 때마다 사고 또 샀던 우산들이 어마어마하게 꽂혀 있었습니다. 뭘 가져갈까 고민하다가, 조그만 우산 두 개를 가방에 챙겼습니다. 급하게 나오느라 우산을 챙기지 못한 누군가에게 전해줄 수 있다면, 그럴 수 있다면 참 좋겠다는 생각이 들었습니다.

감동이나 행복은 사소한 데에서 더 깊이 오는 것 같습니다. 반대로, 상처나 슬픔도 아무것도 아닌 데에서 시작되지요. 난 과연 어떤 사람일까요? 소소함에서 시작된 감동, 그리고 상처. 무엇을 전하시겠습니까?

 라쌤의 한 마디

'엘리베이터에서 인사하기!' 부터 해보세요. 기분이 좋아질걸요.

열혈남아

○

전 유독 여름을 싫어합니다. 더워. 너무 더워. 해가 갈수록 더 더워지는 것만 같은 이 기분. 겨울에 추우면 옷을 몇 겹씩 껴입으면 되지만, 여름엔 옷을 훌러덩 다 벗어도 더워요. 몸에 열이 너무 많은 체질 때문인지, 유독 힘든 계절입니다.

학교에 출근하자마자 에어컨을 켜는데, 시간이 지나면 기침을 하며 추위를 호소하는 선생님들이 하나둘 여기저기서 등장합니다. 맘 같아선 '내복이라도 입으세요!'라고 말하고 싶지만, 사회생활 초고수인 전 책상 위 USB 선풍기로 더위를 달랩니다.

제 고향은 강화도입니다. 군인 아버지의 영향으로 이사를 많이 다녀서 사실 그곳에 대한 추억은 전혀 없는 편입니다만, 한 가지 아직 머릿속에 뚜렷이 남아 있는 기억이 있답니다. 강화에는 여러 가지 특산물이 많이 있습니다. 그중에서도 '강화인삼'은 전국에서 알아주는 유명한 상품이지요. 저도 어머니 손잡고 강화에 있는 인삼센터에 자주 가곤 했습니다. 어머니 단골 가게가 있어 그곳 사장님이 저를 많이 예뻐해 주셨습니다. 어머니와 이야기하는 동안 먹으라고 인삼 한 뿌리를 주시면, 전 꿀을 찍어 쪽쪽 빨아먹곤 했지요. 인삼을 많이 먹어야 건강해진다는 말에 전 특이하게도, 인삼을 정말 좋아했습니다. 그 이후로도 거의 20년 가까이 어머니는 그 가게에서 인삼을 구입했고, 우리 가족은 몸에 좋고 맛도 좋은 인삼을 꾸준히 먹을 수 있었습니다.

고3이 되던 겨울, 학업에 정진하라며 특별히 한의원에 보약을 지으러 갔습니다. 마치 공부를 열심히 안 하면 안 될 것만 같은 '협박' 같은 느낌이었죠. 의사 선생님께 진맥을 받던 중 다소 충격적인 이야기를 듣게 되었습니다.

"학생은 몸에 열이 많으니까, 과일이나 채소도 다 몸에 좋은 게 아니야. 인삼이나 꿀, 닭고기 같은 건 되도록 피하고…"

그랬습니다. 인삼은 몸의 체질상 맞지 않는 음식이었던 것입니다. 안 그래도 몸에 열이 많은데, 더 열을 내게 하는 인삼을 게다가 꿀까지 찍어서 그간 먹어왔으니, 몸엔 오히려 역효과가 되었겠지요.

꼭 음식뿐이겠습니까. 나에게 맞는 옷, 나에게 맞는 직업, 그리고 나에게 맞는 사람. 내게 필요하고 어울리는 것을 찾는 것은 쉬운 일만은 아닐 겁니다. 그렇지만 노력해야겠죠? 누구나 시행착오를 겪는 법이니, 여러분도 실패를 두려워 말고 꼭 여러분에게 맞는 것들을 금방 찾길 바랍니다. 전 무려 20년이나 걸렸답니다.

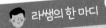

어차피 인생은 시행착오의 연속입니다. 당연한 거예요.
걱정하지 말아요.

'읽기'의 위대함

○

수업의 혁신을 꿈꾸며 학년 전체 학생들에게 수업 시간에 읽을 책을
한 권씩을 사라고 한 적이 있습니다. 거의 2~3주 동안 수업 시간 내내
독서만 했습니다. 저도 같이 읽었지요. 학급 전체가 책을 읽으니 다들
자연스레 책에 빠져들더군요. 참 뿌듯함을 느꼈습니다. 저는, 당연하게
도 읽기를 좋아하는 편입니다. 국어 선생이거든요!

귀찮아도 '난 읽기를 좋아해'라고 주문을 거는 편이에요. 이번엔 그
'읽기'와 관련된 일화를 하나 소개하고자 합니다. 주인공은 다름 아닌 선
생님의 어머니입니다.

어릴 때는 여러 가지 소원을 가지고 살지요. 저도 그랬습니다. 저의 소

원 중 한 가지는 다름 아닌 '영화 보기'였습니다. 부모님께선 늘 바쁘셨습니다. 언제부턴가 외식도 거의 해보지 못했고, 극장은 꿈도 못 꾸는 일이었습니다. 온 가족이 모여 영화관에 가는 것이 소원일 정도였으니. 그래서 돈도 벌고, 영화관도 내 돈 내고 갈 수 있는 나이가 되어서부터는 가끔 부모님께 영화 보러 가자고 하곤 합니다. 방학에 시간이 날 때는 어머니를 모시고 둘이 영화를 보러 가기도 하고요. 그래봤자 한 달에 한두 번 정도밖엔 기회가 나질 않습니다. 가족들 모두 각자의 삶이 있다 보니, 시간 내는 것이 보통 일이 아니더라고요. 여러분은 더 늦기 전에 온 가족이 함께 할 수 있는 무언가를 만들고, 꼭 자주 행동으로 옮겼으면 좋겠어요.

몇 년 전에 성당에서 행사가 있었습니다. 성당 건축 몇 주년 행사 같은데, '스피드 퀴즈' 코너였을 겁니다. 어머니께서 설명하는 역할을 맡으셨는데, 하필이면 첫 번째 주제가 '영화'였습니다. 어머닌 영화 잘 모르실 텐데 어찌 설명하나 하고 걱정하고 있었는데, 이건 뭐 거의 영화 평론가 수준으로 설명을 잘하는 것이었습니다. 최신 영화뿐만 아니라 70~80년대 영화까지 자세하게 설명하는 것을 보고 정말 놀라지 않을 수 없었지요. 심지어 노래 제목, 스포츠 등 다양한 주제에서 맹활약했습니다. 그날 저녁, 집에서 어머니께 여쭤보았습니다. 어떻게 영화들을 그렇게 잘 아시느냐 물었지요. 어머니의 답은 명쾌했습니다.

"신문에 다 나온다."

어머니는 항상 신문을 통해 세상을 접하고 있었습니다. 더불어 다양한 책을 읽으며 세상에 대한 지식과 정보를 한가득 쌓아오셨고, 지금도 마찬가지입니다. 그때 전 '읽기'의 위대함을 알게 되었지요.

우리의 삶은 한정되어 있기에 세상의 모든 일을 겪어볼 수는 없습니다. 그럴 때 책이라는 위대한 존재는 간접경험이라는 이름으로 세상을 바라보게 도와줍니다. 여러분에게 괜히 책을 읽자고 권해드리는 것이 아닙니다. 더 넓고 더 먼 곳까지 갈 수 있는 방법, 그것은 바로 '읽기'입니다.

라쌤의 한 마디

세상의 리더들은 대부분 '읽기'를 꾸준히 해왔다고 합니다.
그냥, 그렇다고요.

괜찮아

○

제 친구들과 통화를 하거나 만나게 되는 날이면 가장 많이 듣는 말이 '부럽다'입니다. 방학이 있기 때문이죠. 난 방학 때 제대로 쉬어본 적이 별로 없는데. 보충 수업에, 입시 상담에, 정신없이 보냈는데. 아무것도 모르면서 너무해! 정말 솔직하게 말씀드리면, 그 얘길 하는 친구들에 비해 교사인 저의 월급은 많이 적은 편입니다. 월급은 제쳐두고, '고민의 클라스'도 많이 다릅니다.

고등학교 동창에게 문자가 온 적이 있습니다. 안성에 어떤 회사가 있는지 물어보는 문자였습니다. 민간기업 연수를 받아야 하는데, 어떤 지역 어떤 회사로 갈지 고민 중이라는 말이었죠. 그 친구는 5급 공무원 시험에 합격하고 과천 정부청사에서 일하고 있습니다. 또 다른 친구에겐 아예 전화가 한 통 왔습니다. 각종 혜택을 비교하며 객관적인 평가를 해 달라는 것이었습니다. 회사의 위치, 연봉 등 다양한 조건들을 비교하며 어딜 선택할지 고민 중이었습니다. 그 친구는 국내 대기업 회사 두 곳에 합격하여 출근할 회사를 고르고 있었습니다.

그때 전 꾀병을 부리며 보충 수업을 빠지겠다는 학생을 보내야 할지 고민하고 있었죠. 몰래 자율학습을 빠진 학생을 어떻게 혼내야 할지 고민하고 있었고요. 공부할 시간에 동아리 회식에 참여하겠다는 학생을 보내줘야 할지 고민하고 있었습니다. 제 고민은 뭔가 쩐쩐하고 별것 아닌 것처럼 보였죠.

그러다 어느 식사 자리에서 선배 선생님께 이 이야기를 드렸더니 답을 주셨습니다. 한 방 얻어맞은 기분이었죠. 내가 느끼는 이 '쩐쩐함'이 세상을 바꾼다는 말이었습니다. 우리 아이들이 대한민국의 미래이고, 아이들 부모님의 미래이며, 나의 미래이니까. 내가 쩐쩐하게 고민하는 이 순간이 대한민국의, 아이들 부모님의, 나의 미래를 좌지우지하는 위대한 순간이라면 얼마든지 쩐쩐해도 좋은 거라고.

여러분의 다른 이름은 '미래'라는 걸 그때 알았습니다. 고민하고 또 고민해도 괜찮다는 걸 알았죠. 아마 대한민국의 많은 선생님이 같은 마음이실 겁니다. 그러니 여러분은 걱정하지 말고 달리세요! 미래를 향해!

 라쌤의 한 마디

지금 우리가 하는 일은 언젠가 세상을 바꿀 위대한 업적입니다.

살아지는 삶은
사라질 터이니

○

　우리나라 교육과정에 따르면 국어 교과는 화법, 작문, 문법, 문학, 독서 등 다양한 분야로 나누어져 있습니다. 그래서 보충 수업을 개설할 때 각 분야에 맞게 수업을 준비합니다. 정말 아이러니한 분야가 있는데, 바로 '독서'입니다. '비문학'이라 부르기도 하죠. 생소한 분야의 주제를 다루는 경우가 많거든요. 과학, 기술, 예술 등 문제의 난이도도 상당히 높은 편입니다. 그런데, 지문이 아닌 한 편의 '글'로 읽으면 흥미로울 때가 많습니다. 몰랐던 지식을 알아가는 재미랄까!

　방학 보충 수업 때 독서영역을 위한 수업을 개설한 적이 있습니다. 학기 중에 준비하기엔 어려움이 많거든요. 그래서 방학을 이용해서 많은 글도 읽고 지식도 쌓고! 오랜만에 푸는 독서 지문은 매우 흥미로웠습니다. 뉴런과 관련된 기억의 메커니즘, 조선 시대 고지도의 특성, 형상 기억 합금의 제작 원리 등 독서 지문이 아니었으면 살면서 절대 접해보지 못했을 다양한 소재들이 절 반겨주었지요. 여러 가지 지문 중에는 '하이데거의 실존주의'에 대한 소재가 다뤄진 내용도 있었습니다. 그중 눈에 쏙 들어온 개념이 하나 있었는데, 다름 아닌 '평균적 일상성'입니다.

타인들과의 거리를 좁히기 위해서 자기 자신으로 있지 못하고 스스로 평준화시켜 버린다는 의미를 가지고 있었지요. "어차피 남들도 다 그렇게 살아"라고 말하는 것, 그것이 평균적 일상성입니다. 절대다수가 살아가는 방식에 맞춰 살아가는 삶. 그리고 자연스레 대한민국의 청소년으로 살아가는 친구들이 떠올랐습니다. 많이 안타깝습니다.

한 가지 목표로 모두가 똑같은 일상으로 살아가야 하는 여러분의 현재가 무척 가슴이 아픕니다. 어쩔 수 없다며, 대한민국에서 입시생으로 살아가기 위해서는 그래야 한다며, 옳지 못한 합리화를 시키고 있는 저도 참으로 부끄럽습니다. 그래서 여러분에게 부탁하고 싶은 것이 있습니다.

절대 자신을 잃지 말고, 메마른 삶을 살지 않았으면 합니다. 같은 형태의 삶을 살고 있더라도, 여러분은 각자의 삶을 설계하고, 나름의 목표를 가지고 살아갈 필요가 있습니다. 대학도 결국 최종 목적지는 될 수 없습니다. 심지어 학생부 종합전형에서도, '저는 이 대학에 가고 싶어요!'라고 말하는 학생이 아니라 '저는 꿈을 이루기 위해 이 대학이 필요합니다!'라고 말하는 학생이 조금 더 높은 평가를 받을 거라고 생각해요. 오늘만 살지 말고, 내일을 준비하는 삶의 자세를 가져봅시다.

너희들은 내일만 보고 살지!
내일만 사는 놈들은
내년을 사는 놈한테 죽는다!

 라쌤의 한 마디

평범하게 살지 않기 위해선
평범하게 노력해선 안 된다는 것!

문과라 죄송해요

○

TV 예능 프로그램 많이들 보나요? 특히 주말 저녁엔 재미있는 예능 프로그램이 정말 많습니다. 노래 실력을 뽐내는 프로그램이 있는가 하면, 그저 생각 없이 웃고 떠들 수 있는 프로그램도 많이 있죠. 가족들끼리 취향이 달라서 채널 다툼(?)이 일어나기도 하지요.

중학생 때부터 즐겨보던 주말 예능 프로그램 하나를 소개해드리려 합니다. 당시엔 온 가족이 모여 앉아 재미있게 시청을 했었는데, 한동안 잊고 지냈던 프로그램입니다. 전국 각지의 고등학교에서 문제를 풀고 '황금종'을 울리는 프로그램, 다들 알고 계시죠? 기억 속에만 자리하던 그 프로그램이 제가 근무하고 있는 학교에 촬영을 왔습니다! 아직도 방영되고 있다는 사실이 놀라웠고, 우리 학교 학생들이 참가하게 된다는 사실도 신기했습니다!

결과만 놓고 얘기하면, 우리 학교는 황금종을 울리지 못했습니다. 마지막 50번 문제에서 안타깝게…. 그렇지만 잊지 못할 추억이 된 건 확실합니다! 어려운 난이도의 문제들을 해결해내는 우리 아이들을 보며 뿌듯했고, 숨겨진 장기를 발휘하는 모습이 귀엽기도 했습니다. 교사로서 방청석에 앉아 응원하는 재미도 있었지만, 시간을 돌려 학생 때로 돌아가 직접 참가해보고 싶다는 마음이 들기도 했습니다.

촬영이 끝나고 집에 돌아와 프로그램 정보를 검색해보았습니다. '우리 학교 소식은 언제쯤 올라오려나?' 생각하며 여기저기 돌아다녔죠. 그러다 우연히 '황금종 명장면'을 올린 한 블로그를 들어가게 되었습니다. 파주에 있는 모 고등학교의 마지막 50번 문제 도전 장면이 올라와 있었습니다.

지구 밖 우주에는 원자 폭탄보다 1억 배나 강력한 무기가 있습니다.

이 공격 한 번에 대륙 전체가 암흑천지로 변할 수도 있고,

인류가 우주시대에서 석기시대로 순식간에 퇴보할 수 있습니다….

도전에 임한 남학생은 결국 답을 적지 못했습니다. 대신 다른 문구를 적었지요. 뭐라고 적었을까요? 친구들아 미안해, 선생님 사랑해요? 그 답은 정말 충격적이었습니다.

'문과라 죄송해요.'

우리 중 상당수는 문과입니다. 저도 문과 출신이지요! '인구론'이라는 말을 들어보셨나요? '인문계 90%가 논다'라는 말이랍니다. 문과라서 죄송하다는 말은 '문송합니다'라는 줄임말로 인용되곤 하더군요. 그런데 사실, 그 말 다 뻥입니다. '문과는 취업 못한다'라는 말은 다 거짓입니다. 청년실업에 대한 많은 이야기가 우리 사회에 만연합니다. 중요한 것은 자신이 원하는 꿈을 달성하여 행복하게 살고 있는 많은 청년이 있다는 것입니다. 이 글을 쓰고 있는 저 역시도 그중 한 사람이지요(잠깐, 나는 청년이라 불러도 될 나이인가).

중요한 건 문과냐, 이과냐 하는 것이 아닙니다. 꿈을 위한 노력을 얼마나 하였는지가 더 중요한 것입니다. 이 사회에 우리가 얻을 수 있는 직업은 한눈에 셀 수 없을 만큼 무수히 많은데, 그중 우리가 가질 직업 하나가 없겠습니까? 한탄하기 전에, 한 번 돌아봐야 합니다. 스스로를!

'문송한' 사회는 없습니다. 명확하고 구체적인 꿈도 없이, 능력도 갖추지도 않고 그저 대기업에, 높은 연봉만 원하는 한심한 청년이 되지 않기를 바랍니다. 우리에겐, 인생의 황금종을 울리기 충분한 능력이 있다고요!

라쌤의 한 마디

'황금종' 프로그램엔 패자부활전 경기가 있습니다. 여기선 단 한 번이지만, 우리 인생에서 패자부활전은 맘만 먹으면 끝없이 행할 수 있습니다.

여름방학

방학은 잘 보내고 있어? 밤새워 놀다가 매일 늦잠 자는 건 아니지?

분명 알찬 하루하루를 보내고 있다고 생각해!

매년 느끼는 것이지만, 올해가 작년보다 더 더운 것 같아. 물론 기분 탓이겠지?

여름은 무척 힘이 센 계절이야.

한여름 무더위에 많은 사람이 몸도, 마음도 지치곤 하지.

그래서 밥도 잘 먹고 잠도 잘 자는 그런 연습을 하는 것이 중요해!

모두를 괴롭히는 계절이지만,

모두가 괴로움에 지쳐 쓰러지기만 하는 건 아니거든.

분명 그러한 더위에서도 고통을 이겨내고 활짝 꽃을 피워내는 이들도 있을 거야!

노력한 만큼 결과가 나오지 않거나

엄청난 유혹들이 괴롭힐지라도

흔들리지 말고 계속 달려 나가기 위해

지금부터 라쌤이 '초강력 당부'를 할게.

첫 번째, 건강을 위해 매일 산책하기!

식물이 광합성을 하는 것처럼

사람도 햇빛을 통해 영양소를 얻을 수 있다고 해.

꽉 막힌 방 안에만 있으면 몸이 딱딱하게 굳어버릴지도 몰라!

일부러 건강을 위해 경치 좋은 산이나 수목원을 찾는 사람들도 있잖

아?

흠뻑 땀에 젖은 후 시원하게 씻고 나면

더 상쾌한 기분으로 하루를 보낼 수 있다고 생각해.

두 번째, 아침 식사하기!

방학은 뭔가 게을러지기 참 좋은 시간이잖아.

안 좋은 습관이 자리 잡아버리고 나면,

그걸 되돌리는 건 쉽지 않아.

그래서 꾸준히 아침 식사를 하는 거야!

늦게 일어나고 늦게 잠드는 습관이 생기지 않도록,

하루를 꽉꽉 채워보는 거지.

방학이라 어쩌면 더 여유롭게 아침을 즐길 수 있을 거야.

빨리 안 오면 지각이라 외치는 선생님의 전화를 받을 필요가 없으니까.

결코 만만하거나 쉬운 세상은 아니지만

여름만큼, 아니 어쩌면 여름보다 너는 더 힘이 세니까

힘들다는 감정조차 사치로 여기고 미친 듯이 앞으로의 날들을 지내보자.

여름보다 뜨겁게 살아갈 너를 응원하며,

웅숭깊은 라쌤

9월

'틀리다'와 '다르다'는 분명 우리가 그 의미를 잘 알고 있으면서도
잘못 사용하는 경우가 많습니다. 그리고 생각해봅니다. 나는 틀린 걸까, 다른 걸까?
'선생님'이란 새로운 이름이 생긴 뒤로 매년 담임이란 역할을 맡아 왔습니다.
가장 많을 땐 무려 마흔세 명이 우리 반 학생이었죠.

누가 가장 옳은 학생이었을까요? 아무도 없습니다. 아니, 모두가 옳습니다.
우리가 살아가면서 결코 틀린 삶을 사는 사람은 없거든요.
그저 남들과는 조금 다른 세상에서 살아가고 있는 것뿐입니다.

죽을 뻔했던 고비

○

여름방학이 끝나고 새롭게 학교로 향하는 발걸음. 생각만으로도 힘들어! 여름이 안 끝났는데 왜 방학은 끝나는 거야? 그렇지만, 무더운 날씨였지만, 모두 나름의 보람을 찾는 즐거운 방학을 보내셨겠죠? 누군가는 학교에서 보충 수업으로 방학을 불태웠을 것이고, 또 누군가는 집 근처 독서실에서 하루하루 두툼해지는 자신의 엉덩이 살을 느꼈을 것이며, 또 누군가는 마음의 양식을 채우러 여행을 다녔을 것입니다. 그 모든 시간이 다 소중한, 가치 있는 시간이었을 것입니다.

여름방학마다 선생님은 두 번이나 죽을 고비를 넘기곤 했습니다. 첫 번째 고비는 '더워 죽을 뻔'했던 것이었고, 두 번째는 '짜증 나서 죽을 뻔'

9월

했던 것이었습니다. 방학이 되자 SNS엔 수많은 친구의 여행 사진이 올라왔고, 또 주변 사람들은 '방학인데 어디 안 가?'라는, 불난 집에 에어컨 트는 소리를 하곤 했죠. 앞서서도 언급한 적이 있는데 방학, 특히 여름 방학엔 정말 쉴 틈이 없거든요. 생활기록부 정리 때문에 학기 말이 바쁘다 보니, 방학 보충 수업 준비를 미리 해놓을 여유가 없습니다. 그래서 보충 수업이 시작됨과 동시에 매일 새로운 수업 준비를 해야만 합니다. 악순환이 반복되는 거죠. 그렇다고 방학 때 수업 준비만 하면 되는 것도 아닙니다. 평소 학기 중에 하지 못했던 다른 업무들도 하고, 개인적인 공부도 해야 하고….

그런데 결과적으로, 죽지 않았습니다! 여전히 잘 먹고 잘 살고 있습니다. 어찌어찌하다 보니 힘들고 지치던 하루하루는 금세 지나갔고, 길고 길었던 방학 보충도 때가 되면 끝이 났습니다. 처음 시작할 땐 이게 대체 끝이 나긴 할까 하는 걱정이 있었지만, 정말 끝나고 나니 시원섭섭한 기분이 들기도 했습니다.

무엇보다 중요한 건, 저도 모르게 흘려보냈던 하루하루가 결코 머리에선 사라지지 않았다는 것입니다. 그저 매일같이 불평불만만 늘어놓았다면, 아마 머리엔 남는 것이 없었겠지요. 하지만 분명 수치로는 표현할 수 없는 소중한 것들이 쌓였습니다. 그것이 성장을 위한 밑거름이 될 것은 분명하겠지요. 억지로 무너뜨리지만 않는다면 말입니다. 여름방학 보충 기간뿐이겠습니까? 우리의 하루하루는 늘 견디기 힘들지만, 그것은 어쩌면 나에게 소중한 무언가를 남기기 위해 꼭 필요한 과정일지 모릅니다.

더운 여름. 무척이나 뜨거운 계절이지만, 그것보다 더 뜨거운 열정으로, 계절을 알차게 보내시길 바랍니다. 그리고 새로운 2학기, 여러분 스스로에 대한 욕심(먹는 욕심, 자는 욕심, 빼앗는 욕심이 아닙니다)을 가지고 노력하는 삶을 살아볼까요?

 라쌤의 한 마디

부러우면 지지 말고, 이기면 되는 거다.
부러워서 지게 만들면 되는 거다!

아버진 거짓말을 하신다

○

　많은 친구가 여름방학이 끝나는 것을 아쉬워하겠죠? 자고 싶을 때 자고, 일어나고 싶을 때 일어나며, 먹고 싶을 때 먹고, 하고 싶은 것들을 할 수 있는 소중한 시간! 그 방학이 끝나자마자 우린 늘 다음 방학이 언제인지 날짜를 확인하곤 합니다. 선생님은 방학 때도 거의 학교에 출근하는 일이 많아서 새 학기를 맞이하는 것이 그렇게 힘든 일은 아니긴 합니다. 그렇지만 뭔가 마음 한구석이 불편한 건 사실이죠. 그래서 전 방학이 끝난 아쉬움을 달래기 위해 나름대로 '자기 위안'의 태도를 지닙니다. 예쁜 우리 아이들을 만날 수 있다! 어차피 방학 때 할 일이 없어서 빈둥빈둥 시간만 때웠을 거잖아! 이런 식으로 말이죠…. 게다가 2학기엔 새로운 EPL(잉글랜드 프로축구) 시즌을 볼 수 있잖아!

아버지와 전 축구광입니다. 국가대표 축구 경기나 유럽 축구 리그 중계가 있으면 어김없이 함께 거실을 차지하고 함께 선수들 욕(?)을 하며 경기를 시청하곤 합니다. 그런데 언제부턴가 아버지의 취침 시간이 빨라지면서 함께 TV를 보는 시간이 줄어들게 되었죠. 언젠가, 굉장히 오랜만에 일찍 주무시던 아버지가 평소와 다르게 거실에서 텔레비전을 보고 계셨습니다. 한동안 야간 근무를 하셔서 밤낮이 바뀐 상태라 아무리 자려고 해도 잠이 오지 않으신다는 것이었습니다. 마침 잘되었다 싶어서 함께 프리미어리그 경기를 보기로 했습니다! 오랜만에 아버지와 함께 보는 축구 경기라 나름 설레기도 했지요. '첼시 대 크리스탈팰리스' 경기였는데 일방적일 것 같던 경기는 나름 치열하게 전개되었고, 전반이 끝나자 아버지는 냉장고에서 맥주를 꺼내오라 하셨습니다(박진감 넘치는 경기를 보며 맥주 한잔하는 그 기분, 지금 말고 나중에 한 번 느껴보길).

거실에 앉아 계신 아버지께 맥주를 드리는 순간, 전 정말 경악을 금치 못했습니다. 놀라고 말았습니다. 그리고 슬펐습니다. 아버지 머리가, 너무 하얀 것이었습니다. 너무 숱이 없었습니다. 사관학교를 졸업하고 20년 넘게 군 복무를 한 아버지. 조금 식상한 표현일진 모르겠으나, 정말 제게 아버지는 산이셨습니다. 크고, 듬직했습니다. 단 한 번도 아버지가 힘들어하신 모습을 본 적이 없습니다. 항상 일하는 것이 엄청 즐거우신 것처럼, 집에 들어오실 땐 웃음이 가득하셨고, 몸이 아파 지쳐있는 모습도 결코 본 적이 없었습니다.

　그간 아버지는 거짓말을 했습니다. 아파도 안 아픈 척, 힘들어도 아무렇지 않은 척, 그렇게 아버진 강인하게 가족들의 버팀목이 되었습니다. 어쩌면 그래야만 하는 존재일지도 모르겠습니다. 우리가 할 수 있는 일이 있다면, 그 거짓말이 헛되지 않게, 버팀목이 상하지 않게, 그렇게 잘 자라는 것 아니겠습니까. 우리도 언젠가 그런 거짓말을 해야 하는 사람이 될 날이 올 테니까요.

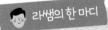 라쌤의 한 마디

버팀목은 쓰러지지 않게 해주는 나무.
쓰러지는 건 결국 내 탓이지, 나무 탓은 아냐.

티

○

고3 담임을 하던 해에, 급격히 우울증이 왔던 적이 있습니다. 열정이 폭발하여 너무 많은 걸 하다 보니, 갑자기 에너지가 다 소모되어 버린 느낌이었죠. 수시상담, 자기소개서 작성 지도, 학교의 다른 행사까지 계속 겹쳐서 쉴 틈이 없었습니다. 정신적으로 약해지면 몸도 약해지는가 봅니다. 한 해에 응급실을 다섯 번이나 갔더라고요. 웃고 싶지 않을 정도로 힘이 들어서, 학급 친구들을 만나도 다정한 모습을 보이지 못했던 것 같습니다. 지금 생각해도 참 많이 미안합니다. 지금이야 괜찮아졌지만, 한동안 링거를 맞기 위해 꽂았던 주사 자국이 사라지질 않더라고요. 팅팅 부어 있었죠.

몸이 아프면 마음도 아프고, 이상하게 그 반대도 성립하는 것 같습니다. 그런데 마음이 금방 나으니, 몸도 생각보다 빨리 회복되더군요! 아픔을 잊게 해준 가장 정확하고도 확실한 처방전을 알게 되었으니, 그것은 '말'이었습니다.

주변에 계신 많은 선생님이 저를 걱정해 주었습니다. 속된 말로 제가 평소에 엄청 '까불고' 다녔는지, 갑자기 말도 안 하고 얌전히 지친 모습으로 앉아 있으니, 보는 분들마다 걱정의 한 마디를 해주셨습니다. 아픈 게 표시가 많이 났나 봅니다.

"왜 그렇게 힘이 없어, 기운 내!"

"밥 못 먹어서 어떡해. 얼른 나아야지!"

다행히 이런 걱정 담긴 한 마디 한 마디가 금방 많은 것들을 회복시켜 주었습니다. 다시 '까불고' 다닐 수 있었죠. 저도, 여러분도 의사는 아닙니다. 아픈 친구들을 직접적으로 치료해 줄 수는 없단 말입니다. 물론 함께 추억을 나누었던 친구 중에 한두 명은 진짜 의사가 되어 많은 이들의 고통을 덜어주는 사람이 될 수도 있겠죠? 그런데 꼭 전문의가 아니더라도, 대단한 무언가는 아니더라도, 별것 아닌 것처럼 보이더라도, 우린 분명 아픔을 겪는 이들을 위한 특별한 치유제가 될 수 있습니다. 따뜻한 말 한 마디, 그거면 충분합니다!

가끔 주변을 둘러보면 아파서 지각하거나 결석하는 친구들을 보게 될 때가 있죠? 여러분 덕분에 그 친구들은 금방 회복될 겁니다. 한 번 해 봅시다! 가서 그 친구에게 한 마디 건네 보세요!

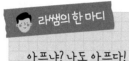 라쌤의 한 마디

아프냐? 나도 아프다!

오그라듦의 미학

◯

전 해마다 여름방학이 되면 스스로 미션을 줍니다. 학급 친구들 모두에게 손편지 쓰기! 방학 중에 받으려면 방학이 끝나기 일주일 전엔 다 써야 하는데, 심지어 개학하고 편지를 받는 학생들도 있죠. 편지지와 봉투값보다 우편비가 더 비싼, 배보다 배꼽이 더 비싼 아이러니한 상황을 겪기도 하지만, 그 어느 순간보다 뿌듯하고 행복합니다.

헷갈리지 않기 위해 당연히 번호 순서로 편지를 쓰는데, 쓰기 전에 꼭 몇 가지 다짐을 합니다. '모두에게 다른 내용으로 쓰기'와 '절대 잔소리 하지 않기'가 그것입니다. 1번부터 5번 친구까진 정말 완벽히 다른 내용을 쓰는데, 이상하게 쓰다 보면 점점 내용이 비슷해지고, 저도 모르게

'그렇게 살면 안 돼!'와 같은 잔소리를 하는 자신을 발견하게 되죠. 그렇지만 반 친구들이 다들 이해해 주더라고요. '하나부터 열까지 다 널 위한 소리'라는 걸 알고 있으니까?

우리 반 친구 대부분이 담임 선생님의 손편지에 감동받지만, 몇몇 친구들은 부담을 느끼기도 하더군요. '오그라든다'는 이유 때문이었습니다. 내가 남자라서 그런 거야? '손발이 오그라든다'라는 말. 의미를 설명하지 않아도 잘 알고 있죠? 좋은 의미로 쓰이는 건 아닌 것 같더군요.

그렇지만 저는 늘 그 '오그라듦'을 추구하려 노력합니다. 그것의 숨겨진 의미를 깨달았기 때문이지요. 대부분의 오그라드는 표현들은 '진심'에서 나옵니다. 혹은 '배려'에서 나온다고 할 수도 있겠네요. 받아들일 때 그것을 어떻게 받아들이느냐가 중요합니다. 그저 겉에 드러난 것만 보고 거부할 것인지, 진정 전하고자 하는 메시지를 이해할 것인지.

가을이 되면 방학 아닌 방학, '추석 연휴'가 있습니다. 가족들이 모이죠. 어쩌면 많은 부모님이 성적에 대한 질타나 질책을 할지도 모르겠습니다. 그때 여러분은 어떤 대답, 어떤 행동을 할 건가요? 듣기 싫다며 대화를 피할 수도 있고, 오히려 화를 낼 수도 있습니다. 여러분에게 한 가지 제안을 해봅니다. 바로 오그라듦을 이용하는 것입니다.

먼저 다가가 보세요. 잘못했던 행동은 변화시키고, 잘해왔던 것은 꾸준히 해나가겠다는 다짐, 실망을 기대로 바꾸어보겠다는 약속, 부모님께 대한 수줍은 사랑 고백까지. 조금 오그라들지도 모르지만, 마음만 먹으면 그리 어려운 것이 아닙니다. 그것이 배려입니다. 진심이라면 더욱 좋겠지요. 가족에게 '대화'는 필요한 것이며, 있어야만 하는 것입니다. 절대 대화의 끈을 놓으려 하지 마시고, 조금 오그라들지 모르는 말 한마디 준비해보는 것은 어떻겠습니까?

"너 대체 장가는 언제 갈 거니?"
"어머니 같은 여자 만나려고 신중하다 보니 그러죠!"
"그런 여자가 있을 것 같아?"

아…!

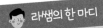 라쌤의 한 마디

신중한 것과 머뭇거리는 것은 분명, 다릅니다.
때론 과감한 선택이 인생을 바꿉니다.

안 아픈 것도 실력

○

　가을은 늘 가까이에 친구를 하나 둡니다. '환절기'란 녀석인데, 해가 갈수록 이 녀석의 힘이 세지는 것 같습니다. 아마 환절기에게 미세먼지란 애인이 있어서 그런지 모르겠네요. 2학기가 되면 병원에 가야겠다며 조퇴를 신청하러 오는 학생들이 점점 늘어납니다. 갑작스러운 복통, 심한 기침, 온갖 골절상까지 종합병원이 학교로 옮겨온 느낌…. 그런데 희한하게도 늘 우리 반 친구들은 몸이 단단해서인지 다치는 사람이 없더라고요. '단무지', 뭐 이런 건가? 담임을 닮아서!

　어쨌든 몸이 아픈 학생들은 7교시 혹은 8교시가 되면 보충을 빠지고 병원에 가기 위해 교무실로 선생님을 찾아옵니다. 병원이 닫기 전에 가야 하니까요. 그리곤 말합니다. "병원 좀 다녀올게요!"

 물론 아프면 병원에 가야 합니다. 더 아프면 안 되니까요. 가는 걸 두고 비난하고자 함이 절대 아니랍니다. 중요한 건, 제가 말하고 싶은 건, 그다음입니다. 병이 낫고 난 이후, 말입니다. 아프지 않은 학생들은 분명 병원에 가지 않은 만큼 자신을 위한 시간을 쓰게 됩니다. 반대로 이야기하자면, 그 시간에 병원에 갔던 학생은 자신을 위해 투자할 수 있는 시간을 잃게 되는 것이지요. 어떻게 해야 할까요? 그들보다 한 시간 쳐진 채로 그냥 그렇게 가는 게 맞습니까?

 절대 아닙니다. 만회하기 위해 그들보다 좀 더 노력해야 하는 것이 맞지요. 단순히 보충시간 한 시간 빠지는 걸 말하는 것도 아니고, 아파서 빠지게 되는 시간만 말하는 것도 아닙니다. 남들보다 뒤에 있다면, 그 사람보다 더 앞서나가기 위해 두 배, 세 배 노력해야 합니다. 그들과 똑같이 하는 정도론 부족합니다. 분명 더 많이 노력해야 하는 것이 맞지요.

 어머니께서 학창 시절 항상 제게 해주던 이야기가 있습니다. '강을 거슬러 올라가기 위해서는 쉬지 않고 계속해서 노를 저어 주어야 한다. 쉬게 되면, 흘러가는 강물로 인해 오히려 뒤로 가게 된다.' 몸부림쳐야 합니다, 분명. 강 너머에 기다리고 있는 무언가를 잡는 건 그리 쉬운 일이 아닙니다. 말로만 걱정된다, 큰일이다 말만 하지 말고, 더 많이 움직이길 바랍니다.

 라쌤의 한 마디

다들 쉴 때 나도 쉬고 다들 일할 때 또 쉬는 사람.
그런 사람을 흔히 '백수'라고 합니다….

'틀리다'와
'다르다'

◯

　'직업병'이라는 말 알죠? 직업이 고등학교 국어교사이다 보니, 살면서
저도 모르게 신경 쓰이는 부분이 하나 있습니다. 바로 맞춤법! 사람들이
흔히 틀리는 맞춤법이 있죠. '돼'와 '되', '로서'와 '로써' 등. 그리고 가장 대
표적인 것 중 하나가 '틀리다'와 '다르다'일 겁니다.

　한때 푹 빠졌던 드라마가 있습니다. 물론 변호사 역할을 맡은 여자 주
인공 배우가 워낙 예쁘게 나오기도 했지만 다른 사람의 마음속 목소리
를 들을 수 있다는 놀라운 능력이 있다는 설정과 법정에서 일어나는 여
러 일화가 적절히 어우러져 더욱 재미를 느끼게 해준 드라마였습니다.
워낙 인기가 많아서 2회나 연장 방영을 했던 기억도 나네요. 내용도 뛰

어났고 배우들의 명연기도 인상 깊었지만, 저에겐 유독 기억에 남는 명대사가 있습니다.

"'틀리다'는 '맞지 않다', '다르다'는 '같지 않다'"

여자 주인공에게 남자 주인공이 말해주는 대사였습니다.

'틀리다'와 '다르다'는 분명 우리가 그 의미를 잘 알고 있으면서도 잘못 사용하는 경우가 많습니다. 그리고 생각해 봅니다. 나는 틀린 걸까? 다른 걸까? '선생님'이란 새로운 이름이 생긴 뒤로 매년 담임이란 역할을 맡아 왔습니다. 가장 많을 땐 무려 마흔세 명이 우리 반 학생이었죠. 누가 가장 옳은 학생이었을까요? 아무도 없습니다. 아니, 모두가 옳습니다. 우리가 살아가면서 결코 틀린 삶을 사는 사람은 없거든요. 그저 남들과는 조금 다른 세상에서 살아가고 있는 것뿐입니다.

친구가 잘생기거나 예뻐서, 공부를 잘하거나 운동을 잘한다고 해서 절대 부러워할 필요는 없습니다. 혹은 나는 왜 이럴까 하며 절망할 필요도 없습니다. 누구나 자신만의 개성이 있다고요! 그래서 우린 스스로 가장 잘할 수 있는 게 무엇인지 곰곰이 생각해 보아야 합니다.

가끔 선생님께 대들고, 떠들고, 장난치고 사고뭉치인 학생들이 있죠! 그렇다고 해서 선생님은 그 친구들이 틀렸다고 생각하지 않습니다. 그것마저도 나름의 개성일 것이라는 것, 그래서 그것을 긍정적인 방향으로 키워줘야 한다는 것, 분명 알고 있습니다. 전혀 다른 개성을 지닌 수많은 친구가 하루하루 소중하게 자신만의 개성을 살리기 위해 오늘도, 그리고 내일도 열심히 정진하길 바라봅니다.

라쌤의 한 마디

"안돼능개 오뒤꿰쏘! 나마네 장저를 살녀바"

맨유는 다시
정상에 설 수 있을까

○

　축구를 몰라도 이름은 안다! 박지성 선수는 다들 알죠? 대한민국 축구 영웅이니까요. 그분이 선수 생활을 했던 팀 중 하나가 '맨체스터 유나이티드'입니다. 사실 저는 박 선수가 그곳에서 뛰기 전부터 그 팀을 응원해왔답니다. 오랜 시간 잉글리시 축구 리그에서 정상급 팀의 위상을 유지해왔습니다. 그런데 언제부턴가, 명성에 맞지 않은 성적을 보이고 있습니다. 슬프게도.

　잉글리시 프리미어리그 팀들이 유럽 챔피언스리그에 참가하기 위해서는 최소 4강안에 들어야 합니다. 그런데 결코, 쉽지 않은 여정입니다. 놀랍게도 프리미어리그엔 4강, 4강 그 이상을 노리는 팀들이 최소 6개

팀이 되기 때문이죠. 맨시티, 리버풀, 첼시, 토트넘 그리고 아스날까지. 그들과의 경쟁에서 승리해야 4강은 물론 우승까지 생각할 수 있습니다. 허나 결코 호락호락하지 않은 팀들이지요. 성적이 좋지 않으면 감독 교체는 물론 팬들의 마음도 떠나버릴지 모릅니다. 감독과 선수들의 피나는 노력이 필요할 것 같습니다.

'18-19시즌 맨유는 6위라는 성적을 거두었습니다. 시즌 막바지에 그런 생각을 했던 기억이 납니다. 첼시가 지고 아스날, 토트넘이 함께 미끄러지고 어쩌고저쩌고…. 실제로 다른 팀들이 비기거나 패하면서 4위 이내 성적을 얻는 것이 가능한 시기도 있었지만, 그때마다 맨유도 함께 패배해버렸습니다. 결국 6위로 시즌을 마감했죠. 월드컵 조별 예선 마지막 경기에서도 늘 따지는 것이 있죠?

경우의 수! 다른 팀의 경기 결과에 따라 우리의 운명을 달리 할 수 있다는 것인데, 그 경우의 수를 따질 때 필수적인 전제조건은 '우리는 이긴다'여야 합니다. 그런데 지난 시즌 맨유는 다른 팀이 질 때 같이 져버렸으니 따지는 것이 의미가 없어진 것입니다. 그런데 그런 경우의 수를 따질 필요가 없을 정도로 애초에 승점을 확보했다면 어땠을까요? 한 경기도 지지 않고 전승해버리면 되는 것 아닌가? 오히려 그게 더 쉬운 방법일지도 모르는데….

　요즘 입시, 아시죠? 9월이면 수시접수를 합니다. 많은 학생이 경우의 수를 따지게 될 겁니다. 우리에겐 경우의 수라는 말 대신 '경쟁률'이라는 표현이 더 와닿겠지요? 수시모집의 여러 전략 중 하나가 '최저기준이 있으면서 경쟁률이 낮은 학과'에 지원하는 것입니다. 남들이 최저기준을 충족하지 못하면 합격 가능성이 높아지는 것이죠! 전략적으론 완벽했지만, 본인이 최저기준을 충족하지 못하면 그것도 말짱 '꽝'입니다.

　요행이나 운을 바라기 전에 실력을 갖춥시다. 그게 맞습니다.

 라쌤의 한마디

100 대 1, 200 대 1도 뚫어버리는 '최종 보스'가 되어보자!

두부

○

대한민국 청소년들의 고민! 무조건 베스트 3 안에 들어가는 고민 of the 고민, '성적 고민'입니다! 반 친구들과 상담을 하다 보면 꼭 빠지지 않고 나오는 이야기이기도 하죠. 나름 값비싼 '인강'도 듣고, 학원도 이 곳저곳 다니는데 아무리 해도 원하는 목표치를 달성하지 못하고 있다는 말, 공감하시나요?

저는 고모가 다섯 분이나 있습니다. 아버지는 형제가 팔 남매인데, 그중 일곱째입니다. 아들 셋, 딸 다섯을 낳은 할머니가 정말 대단하신 것 같아요. 그 가운데 왕고모이신 첫째 고모는 벌써 증손주가 있을 정도로 연세가 높지요. 저도 시골에 놀러 가면 할아버지 소리를 듣는답니다! 엣

헴. 알고 보니 아버지랑 나이 차이가 거의 서른! 그럼에도, 아직 정정하신 고모께서는 직접 두부를 만들어 두부조림을 해주시는데 정말 상투적인 표현이긴 합니다만 '밥 한 공기 뚝딱'이 가능할 정도로 맛이 기가 막힙니다. 두부조림을 맛있게 먹는 모습이 눈에 들어왔는지, 고모는 늘 두부를 싸주십니다. 넉넉히 두고 먹으라고 말이지요. 먹을 땐 몰랐는데, TV 생활 정보 프로그램을 보다 깜짝 놀랐습니다. 두부 만드는 게 보통 일이 아니더군요.

먼저 콩을 불립니다. 거의 열 시간 정도 불려야 한답니다. 잘 불린 콩을 맷돌이나 믹서에 갈아야 하는데, 이때 콩을 불렸던 물을 조금씩 부으며 갈아주어야 하고 또 콩과 물의 분량을 정확히 맞춰주어야 합니다. 콩이 갈아지면 계속 저어가며 끓여야 하고, 끓여진 콩물은 고운 천에 걸러내야 하고, 또 어찌고저쩌고…. 너무 길어서 다 못 쓰겠습니다. 어찌 되었든, 과정이 복잡하고 시간이 오래 걸리며 무엇보다 '힘'이 많이 듭니다.

그런 고된 과정과 시간, 힘을 들여가면서까지 두부를 직접 만드시는 고모는 미련한 사람일까요? 당연히 아니겠죠? 직접 만드는 두부는 마트에서 사서 먹는 것과는 비교할 수 없을 정도로 맛이 뛰어납니다. 구순에 가까운 노인은 그 맛을 알기에, 그 맛을 알아주는 가족들이 있기에,

여전히 스스로 고된 노력을 하시는 것이겠죠.

음식의 맛은 그 맛에 쏟아부은 정성과 노력에 비례합니다. 마찬가지로, 여러분이 뛰어난 명강사의 수업을 듣는다고 해도 기본적인 노력이 더해지지 않으면 절대 성과는 나오지 않을 겁니다. 수업을 들은 만큼 자신의 것으로 만들기 위해 무엇을 했는지 한 번 떠올려봅시다. 일단 건강을 위해 식사 거르지 않기! 두부 드세요!

 라쌤의 한마디

여러분은 스스로가 얼마나 대단한지 모릅니다.
그 숨겨진 힘을 끄집어낼 수 있는 건 오로지 여러분 자신이에요.

대학은 왜 가

○

학교엔 정규 동아리가 있죠? 지금 근무하고 있는 학교에 발령받자마자, 당시 창체부장을 맡고 계신 선생님께서 연극반 지도교사를 제안하셨습니다. 기존에 담당하시던 선생님께서 3학년 담임교사가 되면서, 그 자리에 공석이 되었기 때문이었습니다. 제가 또 한다면 하는 놈이라, 연극부의 부흥을 이끌어봐야겠단 목표를 세웠습니다. 연극부니까, 무엇보다 연극공연을 해야겠단 생각을 했죠. 교내 연극제도 개최하고, 시에서 열리는 발표대회도 참여하고, 또 매년 열리는 경기도 청소년 연극제에도 참가했습니다. 심지어 2017년엔 권역별 예선 대회에 참가하여 대상을 수상! 경기도 대회 본선 참가 자격을 얻기도 했죠.

처음부터 일이 술술 풀렸던 건 아닙니다. 연극반 학생들의 목표 의식을 고취해야 했고, 무엇보다 저 스스로 연극에 대해 아무것도 모르는 상태였습니다. 뭔가 알아야 연극반 지도교사도 할 수 있겠단 생각이 들었죠. 그래서 연극공연도 보러 다니고, 연극을 전문적으로 하는 친구에게 조언도 얻고, 연극 관련 서적도 많이 읽었습니다. 무엇보다 수십 편의 대본을 찾아 분석하기도 했습니다.

청소년들이 공연할 수 있는 어렵지 않은 난이도의 작품들이 꽤 많았습니다. 여러 작품 중 고등학생들의 진로에 대한 고민, 대학은 필수가 아님에도 필수로 여겨지는 안타까운 사회상을 담고 있는, 뭐 그런 작품을 발견했죠! 마침 우리 반 친구와 상담을 하는데 자꾸 이 작품이 생각나더군요. 그리고 스스로 묻게 되었습니다. 대학은 왜 가는 거지?

이 질문에 대한 답은 뭐라고 생각하나요? 사실 전 '왜 가야 하는지'에 대한 답은 잘하지 못하겠네요. 그런데 '꼭 가야 하나?'라고 묻는다면, '기왕이면 가는 것이 좋다'라고 답하겠습니다. 대학의 가치를 논하는 문제는 정말 오랫동안 이어져 왔습니다. 대학 생활을 경험해 본 저로서는 대학에서 얻을 수 있는 가치가 무궁무진하기에 꼭 가보라고 권하고 싶습니다. 공부의 깊이가 다릅니다. 입시를 위한, 입시에 의한 지금 여러분의 그 '공부'는 참된 공부라고 하기 민망할 정도로 대학의 공부는 깊이가 매우 깊습니다. 그리고 그것이 단순히 '책'에서만 이뤄지는 것이 아닙니다. 헤아릴 수 없는 다양한 활동과, 폭넓은 만남 그리고 정과 인연까지. 무수히 아름다운 것들이 채워져 있는 곳이 '대학'입니다.

물론 많은 사람이 대학에 가지 않고도 그런 것들 다 할 수 있다고 말할지 모르겠습니다. 그렇지만 제가 보기엔 그런 말을 하는 사람들 대부분이 대학을 나왔습니다. 그것도 이름난 학교에서 공부한 사람들이지요. 너무 이기적이고 무책임한 생각인 것 같습니다. 대한민국이 변하지도 않았는데, '넌 변해야 한다!'라고 말하는 사람들, 그 사람들에게 너무 몸을 기댈 필욘 없을 것 같습니다.

여러분의 미래에 있어 대학생으로서의 시간은 정말 극히 일부이겠지만, 적어도 대한민국에선 그 일부가 굉장히 오랜 기간 영향을 주게 될 것입니다. 그래서 좋은 선택이 필요하고, 또 노력이 필요합니다. 가치란 건 스스로 찾아야 얻을 수 있는 것 아닐까요? 여러분의 가치를 높일 수 있는 선택, 여러분이라면 어쩌렵니까?

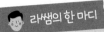
라쌤의 한 마디

갈까 말까 할 때는 가라. 기왕이면 '잘' 가라.

난 대체 누구지

○

고3 그리고 고3 담임에게 9월은 전쟁 같은 시기입니다. 9월 평가원 모의평가를 치르고, 무엇보다 수시모집 접수가 있는 달이기 때문이지요. 절반 이상의 학생들이 수시모집으로 선발되다 보니 모두가 필사적으로 매달릴 수밖에 없죠. 단순히 성적으로만 뽑는 전형도 있지만, 성적은 물론 비교과 활동 자기소개서에 추천서까지 종합적으로 평가하는 전형도 있죠. 준비할 게 어마어마합니다.

최근 고3 담임을 맡았던 해의 수시모집 접수는 개인적으로 정말 미친 일정이었습니다. 방학 때부터 이어온 자소서 특강에 추가로 찾아오는 아이들의 자소서까지. 거의 50여 명의 자기소개서를 읽으며 때론 변호사가 되었다가, 때론 우주 생물학자가 되었다가, 때론 콘텐츠 제작자가 되었다가. 게다가 우리 반엔 30여 명의 친구가 있고, 그들에게 적합한 지원 대학을 찾고, 또 찾고, 기껏 찾으면 다시 찾아달라는 요구를 들어야 하고, 또 바꿔서 찾고. 약한 척하고 싶지 않았지만 정말 힘들었습니다. 주말에도 10시가 넘은 시간 집에 가야 했고, 평일엔 새벽이 다 되어서 교문이 잠기고 나서야 집에 가는 날도 있었지요. 7월, 8월 그리고 9월. 수시모집 접수가 끝나는 날까지 '나'라는 사람은 없었습니다.

우여곡절 끝에 모든 접수가 끝나고, 마침 추석 명절 기간이었습니다. 연휴 동안 청소도 하고 빨래도 하고 친구들도 만나고 많은 것들을 하고 싶었지만, 하지 못했습니다. 잠만 잤습니다. 일어나서 아침 먹고 자고, 또 일어나서 점심 먹고 자고, 또 자고. 하루는 소파에서 낮잠을 자고 일어났더니 저녁 6시 반이었습니다. 순간 밀려오는 자괴감은 정말 미칠 듯이 고통스러웠습니다.

난 왜 이렇게 살아야 하지.
난 대체 누구지.

한창 힘든 고3 시절을 보내고 있는 우리 반 친구들에게 하소연할 수도 없고 정말 짜증이 났습니다. 스스로가 한심해 보여서 말이죠. 연휴가 끝나고 자괴감에 빠져 힘들게 출근한 날 아침, 그 모든 문제가 눈 녹듯 사라졌습니다. 제가 누군지 알았거든요. 문을 열고 들어간 교실은 무척 뜨거웠습니다. 해이해져 있을 것 같았던 교실엔 열정이 가득했고, 다들 눈에 불을 켠 채 꿈을 향한 도전을 이어가고 있었습니다. 그때 깨달았죠. 난 내 역할을 잘하고 있구나, 우리 아이들을 위해 지금처럼 하는 것이 맞겠구나.

어쩌면 아직 부족한 것일지도 모르겠구나, 더 열심히 하겠다고 생각했습니다. 너무도 쉽게 문제가 해결되었지요. 더불어 그런 생각이 들었습니다. 금방 추워지고, 금방 수능을 볼 것이고, 금방 대학에 합격하고, 또 금방 졸업하겠구나. 이 녀석들을 떠나보내는 순간 절대 '후회'라는 감정이 파고들지 못하도록, '노력'으로 빈틈을 잘 메워야겠다는 다짐을 하게 되었습니다.

여러분도 언제나 여러분의 역할을 하시길, 녹초가 될지도 모르지만, 그래야 후회가 남지 않을 겁니다.

 라쌤의 한 마디

무언가 하기 싫거나 지칠 땐 왜 시작했는지를 생각해 봐.

10월

우리 모두 각자의 울타리 안에 살고 있습니다. 그 울타리가 지닌 이름이

가끔은 날 화나게 하고 창피하게 하고 또 때론 슬프게 만들 때도 있지만

그래도 '우리 학교'니까, 내가 선택한 울타리이니까, 끝까지 사랑하고 아껴줄 필요가

있을 것 같습니다. 여러분도 살아가며 수많은 집단에 소속되는 경험을 하겠지요?

어느 집단에 속하든 간에 마찬가지일 겁니다. 늘 내가 소속된 집단을 위해

희생할 줄 아는 사람이 되었으면 합니다.

필요

○

학교에서 야간 자율 학습 감독이 있던 때 한 달에 두어 번 정도 밤늦게까지 근무를 해야 했습니다. 그 시간은 뭔가 스스로 반성하고 자책하게 되는 시간이 되곤 합니다. '내가 저렇게 공부했으면 정말 세계적인 수재가 되었을지도 모른다'라는 생각이 들 정도로 많은 친구가 열정을 불태우거든요. 그런데 한 번은, 정말 아이러니했던 날이 있습니다.

자습 감독을 위해 여느 날처럼 자습실을 찾았는데, 너무 뜨거웠습니다. 평소처럼 학업에 대한 열기 때문이었으면 좋았겠지만, 그 열기는 다름 아닌 난방. 어처구니가 없더군요. 밖은 쌀쌀한데, 자습실은 너무 더워 공부를 못할 지경이니.

제 방 책상 위에는 동전이 무지막지하게 쌓여 있습니다. 매번 쌓아만 놓고 사용하질 않았더니 정말 '산더미'처럼 동전이 쌓였습니다. 언젠가 심심해서 세어 보았는데, 무려 삼만 원 정도 되는 액수가 모였습니다. 미련하기 짝이 없지요. 어느 날 편의점에서 물건을 사려고 하는데, 계산대에 찍힌 액수는 9,100원. 혹시나 하는 마음에 주머니를 뒤져보았으나 100원짜리 동전은커녕 10원짜리도 없었습니다. 결국 저에게는 또다시 동전 아홉 개가 생겼습니다. 500원짜리 좀 섞어서 주지… 정말이지, 이 '100원'이란 녀석, 필요할 땐 없는 야속한 존재입니다.

문득 '필요'에 대해 생각하게 되었습니다. 사람 관계에서도 마찬가지일 것이란 생각이 들더군요. 나도 누군가의 '난방' 같은 존재이진 않았을까? 필요하지 않음에도, 너무 과한 참견과 도움으로 불편함을 주진 않았을까? '100원짜리 동전' 같은 존재이진 않았을까? 누군가가 날 필요로 할 때 그 사람 곁에 있어 준 사람이었을까?

사람들은 대부분 '내가 필요로 할 때'를 훨씬 중요하게 생각합니다. 같이 밥 먹을 사람, 같이 공부할 사람, 같이 놀아줄 사람 그리고 내 말을 들어줄 사람… 하지만 '그들이 필요로 할 때'를 잘 모릅니다. 외로움에 지쳐있을 때, 쓸쓸함을 위로받고 싶을 때, 누군가와 대화하고 싶을 때, 나처럼 누군가도 곁에 있어 줄 '사람'이 필요합니다. 물론 곁에 있고 싶다고 혼자만의 시간이 필요한 이에게 부담을 주어서도 안 되겠죠. '인간관계'란 것은 참 어렵습니다. 친구, 가족, 연인 사이든 간에 절대 한 번에 완성되지 않는 '슈퍼초울트라고난이도'의 문제입니다. 그럼에도 포기해선 안 되는 것이기도 하죠. 적정한 선을 유지하며 많은 이들의 사랑을 받는 일.

도전해볼 만하지 않나요? 저도 답을 주지는 못해요. 다만, 한 가지는 확실합니다. 노력이 필요하다는 것!

🙂 라쌤의 한 마디

인간관계에 에너지 낭비할 필요 없다?
혼자 살아갈 세상이라면 그게 맞을지도 모르지.

시험이 필요한 이유

◯

    중학교 교사 시절, 어떤 학생이 조용히 찾아와 물었습니다. 도대체 시험은 왜 보는 것이냐고. 사실 대답을 시원하게 해주지 못했습니다. 선생님이 될 수 있는 자격은 사범대학을 졸업함과 동시에 얻을 수 있습니다. 사범대 졸업이 아니라도, 교육대학원에 진학하는 방법도 있죠. '2급 정교사 자격증'이란 이름의 자격증이 나옵니다. 교사가 되면, 시간이 흐르고 '1급 정교사 자격 연수'를 받아야 합니다. 저도 교사가 되고 4년 후에 1급 정교사 자격 연수를 받았습니다. 경기도에 근무하는 수백 명의 선생님과 함께였죠. 대부분의 연수는 아이들을 사랑으로 평등하게 대하라는 주제였습니다. 그리고 놀랍게도, 연수 마지막 날엔 그 수백 명의 선생님이 함께 시험을 치렀습니다. '줄 세우기식 교육'의 문제점을 언급하던 사람들이 교사들을 줄 세우고 있더군요.

시험을 보는 이유를 물었던 그 친구와 그리고 똑같이 이유도 모른 채 밤낮으로 학업에 정진하고 있을 모든 친구에게 참 미안합니다. 시험에 지치게 만들어 미안하고, 시원한 답변을 해주지 못해 미안합니다. 그렇지만 또다시 시험공부를 해야 한다고 말해야 함에 미안합니다. 며칠을 연속으로 고민한 적도 있었는데, 여전히 제 답은 '미안함' 뿐입니다. 그렇지만 굳이 변명해야 할 필요는 있는 것 같습니다. 그것에 동의하든 하지 않든, 한 번쯤 받아들이려 애써 주시길 부탁합니다.

학생은 배우는 사람입니다. '배운다'라기보다는, '지식의 습득'이 더 적합한 말일 것입니다. 우린 아직 우리에게 필요한 지식이 얼마만큼인지 정확히 알 수 없습니다. '이건 왜 배울까, 이게 나한테 왜 필요하지'라는 질문을 하기엔 아직 우린 어리다는 것입니다. 어떤 지식도 내게 도움 되지 않는 것은 없습니다. 그런데, 시험이라는 것이 없다면 우리는 나의 지식이 어느 정도인지, 특정 기간 어느 정도의 지식을 습득하게 되었는지 판단하기 어려울 것입니다.

두 번째로 이야기하고 싶은 것은 바로 '합리적 경쟁'입니다. 개인의 능력과 역할에 대한 기여도를 판단하기 위해 시험은 꼭 필요합니다. 이러한 판단의 잣대, 기준이 없다면, 개나 소나 정치를 하고, 교수를 하고, 의사를 하고, 판사나 검사가 되겠지요. 결코 바람직한 모습은 아닐 겁니다.

마지막으로 시험을 통한 '자기만족 및 자기실현'입니다. 자신이 진정 준비가 되어 있고 기회를 가지고 싶은 친구에게는 시험이 부정적인 대상이 아닌 기다려지는 대상이라는 것입니다.

대한민국 중고생들이 모두 대학을 가기 위한 수험생의 역할을 하지만, 모두가 다 같은 인생, 같은 직업을 가지고 살진 않습니다. 내가 가진 목표와 꿈을 이루기 위해, 시험이라는 과정이 필요한 것입니다. 시험을 왜 봐야 하는지 부정적으로만, 불합리하다고만 생각하지 말았으면 해요. 노력과 준비 없이 원하는 것이 이루어지지 않는다고 불평불만을 하는 건 너무 이기적인 생각일 수도 있으니까요.

오늘은 '공자님'의 한 마디

진정한 앎은 자신이 얼마나 모르는지를 아는 것이다.

어울림

○

전 쇼핑을 잘 하지 않습니다. 백화점에 가면 매장 직원이 늘 하는 얘기가 있죠. "입어보세요!" 입어보면 또 어김없이 이야기합니다. "너무 잘 어울리세요!" 이 말을 들으면 전 저도 모르게 지갑에서 카드를 꺼내고 결제를 합니다. 흔히 '귀가 얇다'라고 말하죠. 그래서 최대한 쇼핑도 집에서 인터넷이나 스마트폰을 이용합니다. 고민에 고민을 거듭하기 위해! 그런데 옷과 신발은 조금 다르더군요. 신발은 정해진 사이즈에 맞게 구입해도 안 맞아서 발이 불편한 경우가 많더라고요. 기왕이면 신어보고 사려고 노력합니다.

친구들과 약속이 있어 모처럼 강남역에 갔습니다. 일부러 조금 일찍

갔죠. 서울에 갈 일이 그리 많지 않거든요. 간 김에 여기저기 돌아다니면서 구경도 하고, 서울 사람인 척 흉내도 내고…. 우연히 들른 신발매장에서 저도 모르게 운동화 한 켤레를 샀습니다. 충동구매를 하게 된 것이지요. 딱 한 번 신어보고 '이거다!'라는 생각에 구매하였습니다. 평소와 다르게 매장 직원이 어울린다는 말도 해주지 않았는데, 제 마음에 쏙 들었습니다. 심지어 특별 세일까지! 그런 기분 들 때 있잖아요. '이 녀석은 이곳에서 내가 찾아오길 기다리고 있었구나….'

그날 저녁, 집에 돌아가 새 신을 꺼냈습니다. 원래 '새것'은 사람의 기분을 좋게 만드는 법이지요. 정말 신났습니다. 그런데 아무리 생각해 보아도, 신발에 어울리는 바지를 찾을 수가 없었습니다. 신발 하나만 두고 보면 굉장히 예쁜데, 같이 입을 바지가 없으니 이건 거의 무용지물이 된 셈이지요. 집에 있는 모든 바지를 꺼내 입어보길 수없이 반복했지만 결국 답은 나오지 않았고, 결국 얼마 후 우리 집에서 이사를 나가게 될 사촌 동생에게 선물로 주었습니다. 동생에겐 다행히 같이 입을 바지가 있었답니다. 죽 쒀서 개, 아니라 동생이 잘 신을 수 있다면야….

아무리 화려한 것이라도, 내겐 어울리지 않을 수 있다는 걸 알았습니다. 정말 내 맘에 쏙 드는 것, 나에게 맞는 것을 찾기 위해선 정말 오랜 시간 고민하고, 찾아보고, 또 그만큼의 노력도 있어야겠지요. 고작 신발만의 이야기는 아닙니다. 여러분이 갖게 될 미래도, 여러분의 마음에 쏙 들기 위해선 많은 준비가 필요하다는 것입니다. 친구의 장래가 아니라, 부모님의 미래가 아니라, 여러분이 갖게 될 '내일' 말입니다.

저는 다행히 저에게 딱 맞는 직업을 찾게 된 것 같아 기쁩니다. 정말 오랜 시간 고민하고, 찾아보고, 또 그만큼의 노력도 했다고 자부합니다. 그것의 결실이 바로 '여러분'이겠지요. 늘 감사합니다. 여러분도 여러분께 맞는 옷을 입으시길, 오늘도 간절히 기도합니다.

 라쌤의 한 마디

남들이 입혀주는 옷을 입지 마세요. 나에게 맞는 옷은 내가 찾는 겁니다.

본분 망각

○

저는 교사입니다. 경기도 안성에 있는 110년 전통의 사립 고등학교에 근무하고 있죠. 110년 전통. 이게 가만 보면 별 의미 없는 숫자인 것 같지만 나름의 자부심을 갖게 할 때가 있습니다. 가끔 식당이나 차를 고치러 카센터를 가면 저도 모르게 어느 학교 교사인지를 밝히게 될 때가 있습니다. 그러고 나면 "아이고, 우리 아들도 거기 출신이여." 혹은 "내 조카가 거기 3학년이여."라고 말하며 서비스를 주곤 합니다. 속물인 저는 우리 학교 교사임을 자랑스럽게 여기고 있답니다.

물론 불편한 점도 있긴 합니다. 언젠가 주말에 마트에 장을 보러 갔는데, 계산대 앞에서 어떤 학부모님을 만났습니다. 그러면서 제가 뭘 샀는지 하나하나 훑어보시는 겁니다. 뭔가 쭉 스캔하며 나의 생활을 염탐하는 느낌이랄까? 또 밤에 대충 트레이닝복 차림으로 동네를 돌아다니다 보면 학부모님, 우리 학교 학생들을 만날 때가 있습니다. 그냥 인사하고 지나가면 되는데, 굳이 저를 보며 킬킬거리곤 합니다. "평소엔 저러고 지내나 봐."라고 말하는 느낌이랄까?

언제부턴가 안성에 있을 땐 괜히 사람들의 시선을 의식하게 되었고, 걸핏하면 모자를 푹 눌러쓴 채 다니게 되었습니다. 아니, 밖엔 잘 안 다니게 되었죠. 안성에선, 약간 연예인 아닌 연예인 느낌으로 지냅니다. 저는 쓰레기도 밤 12시 넘어서 버립니다. 아는 사람을 만나면 뭔가 민망하더라고요. 이놈의 A형. 매일 안성에만 있는 것은 아닙니다. 주말이면 부모님이 계신 동탄에 가거든요. 그곳엔, 아는 사람이 없습니다! 고등학교를 졸업하고 동탄으로 이사했기 때문에 친구도 지인도 아무도 없습니다. 그야말로 자유인! 연예인(?) 신분에서 벗어나 자유를 만끽할 수 있지요. 참 부끄러운 이야기지만, 그 자유를 느끼다 크게 후회한 적이 있습니다.

어느 날 동탄에서 산책하고 있었습니다. 길 건너편으로 넘어가려는 그때 신호가 걸렸군요. 다행히 도로에 차는 다니지 않았습니다. 꽤 늦은 시간이었거든요. 전 너무도 자연스럽게 빨간불임에도 건널목을 건넜습니다. 자유를 갈망하는 1960년대 히피족 느낌이랄까. 그런데 하필이면, 한 무리의 사람들이 길을 막는 것이었습니다! 그 사람 중 하나가 하필이면, 우리 학교 학생! 하필이면, 나를 알아봄! 하필이면, 온 가족이 함께 산책하는 중! 으악!

"쌤, 빨간불에 건너시면 어떡해요!"

누가 보지 않더라도 자신의 정체성과 본분을 망각하지 않는 것, 그리고 스스로의 위치에서 최선을 다하는 것. 잘못된 행동을 감추다 들통나버리는 일도 있지만, 반대로 생각하면 보이지 않는 곳에서의 선행과 노력이 언젠가 빛을 발할 거라는 생각도 듭니다. 늘 여러분의 본분을 생각하며 살아갔으면 좋겠습니다.

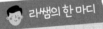
라쌤의 한 마디

하고 싶은 게 없을 순 있어도, 해야 할 일이 없을 순 없습니다.

별빛이 내린다

○

'별빛이 내린다, 샤랄라랄라♬'

이 노래, 많이 들어봤죠? 한때 드라마나 예능 프로에서 특히 많이 삽입되었던 노래입니다. 누군가에게 반하는, 사랑에 빠지는 장면이 나올 때 이 노래가 배경으로 깔리는 경우가 많더군요.

가을이 무르익었을 때 '나뭇잎 편지쓰기' 수업을 한 적이 있습니다. 과감히 교과서는 가방에 집어넣고, 지금 당장 밖에 나가서 낙엽을 주워오세요! 기왕이면 납작하고 넓은 걸로! 네임펜을 나눠주었습니다. 그리고 가져온 낙엽에 예쁜 글귀를 적게 했죠. 한 사람당 네 개씩. 심지어 코팅 기계를 직접 교실에 가지고 들어가서 한 명 한 명 모두의 작품을 코팅해

주었습니다. 기계가 고장 나서 엄청나게 혼나긴 했지만, 나름대로 추억거리를 만든 느낌이었죠. 본인이 갖기 위해 만든 친구도 있었지만 대부분 누군가에게 선물을 했습니다. 같은 반 친구에게, 담임 선생님께 그리고 서로의 이성 친구에게.

그런데 어떤 여학생이 오더니, 'O반은 아직 안 했어요?'라고 물어보더라고요. 알고 보니 그 학생은 메시지가 담긴 나뭇잎을 O반의 남학생에게 받고 싶었던 모양인데, 받질 못했고 그래서 조금 서운했던가 봅니다. 꽤 보수적인 성격이라 이성 교제를 권장한 적이 없는 저였지만, 그 모습이 그냥 순수해 보였습니다. 어쩌면 부러웠는지도 모르겠습니다. 그래서 그 남학생 친구에게 살짝 이야기를 해주었죠. 그 친구도 주고 싶긴 한데, 뭐랄까 '잘 주고 싶었던' 마음이 있었나 봅니다. 계속 나뭇잎에 글도 쓰고 했는데, 마음에 들지 않았던 거죠. 그래서 선물을 주지 못하고 있었던 것이었습니다. 이 녀석들의 모습을 보고 있으니까 저도 모르게 머릿속에 이 노래가 BGM처럼 흘러나오더군요. 별빛이 내린다는 그 노래.

'요즘 애들'이란 말이 있습니다. 요즘 애들은 예의도 없고, 개념도 없고, 버르장머리고 없다며 여러분과 같은 청소년들을 비판하는, 아니 비난하는 표현이지요. 요즘 애들. 그렇지만 제 눈에 보이는 여러분은 사람들이 말하는 '요즘 애들'과는 조금 다릅니다. 여러분은 아직 마음 한구석에 순수함을 가지고 있다는 걸, 저는 잘 알고 있기 때문이지요.

지금 가지고 있는 애틋하고, 깨끗하고, 아름다운 마음가짐, 나이 들어서도 늘 간직하시길 바랍니다. 저처럼 순수함을 잃은 채 삶에 찌들어 썩지 마시고요! 여러분은 아직 맑고 깨끗한 마음을 가진 '청소년'입니다.

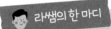 라쌤의 한 마디

겁쟁이는 사랑을 드러낼 능력이 없습니다.
사랑은 용기 있는 자의 특권입니다.

우리 집 수저는
무슨 색일까?

○

    방송에서, 혹은 인터넷상에서 많이 쓰는 용어 중 '금수저'라는 표현이 있었습니다. '금수저를 물고 태어났다'라며 부러움과 시기의 대상이 되는 사람들이 있죠. 어쩌다 우리네 부모님들이 고작 수저가 되어 버린 것인지, 참 안타까움을 금할 수가 없습니다. 그렇지만 굳이 우리 집 수저는 무슨 색인지 한번 생각해 보았습니다.

    저희 아버지께서는 사관학교를 졸업하시고 해병대 장교로 20년간 군복무를 하셨습니다. 와, 대단하다? 사실 군인으로서 인생은 성공적이라 할 수는 없었습니다. 다른 동기생들에 비해 높은 위치까지 올라가진 못하셨거든요. 진급에 실패하고, 결국 소령으로 전역을 하셨습니다. 동기생들이, 심지어 후배들도 더 높은 위치로 올라가는데, 아버지께선 정체되고 머물러 계셨습니다. 제 친구들을 보니 직장이 생기면 부모님이 선물로 집도 집이나 차를 사주고 그러시더군요. 하지만 우리 부모님은 저에게 집이나 차를 사주실 돈이 없습니다. 은행 대출도 엄청 많습니다. 전 열심히 벌어서 스스로 모든 걸 장만해야 합니다. 우리 집 늦둥이 동생은 아직 20대라 아버진 정년까지 계속 일해야 합니다. 아직 동생이 스스로 많은 걸 해결할 나이가 되지 않았기 때문이지요. 그래서 저도 어느 정돈 동생 뒷바라지도 해주어야 합니다.

그런데 우리 집 수저는 금수저, 아니 거의 '다이아급 수저'입니다. 저를 이렇게 단단하게 키워주신 부모님 때문입니다. 낳아주고 키워주신 것만으로도 말로 형용할 수 없을 만큼 감사한데 집이니 차니, 사달라고 하고 싶지도 않습니다. 오히려 어떻게 하면 금전적인 면을 도와드릴 수 있을까, 내가 당신들로 인해 이렇게 잘 자랄 수 있었다고, 정말 감사하다고, 어떻게 하면 그 마음을 전할 수 있을까 고민됩니다. 윗사람에게 잘 보이기보다는 아랫사람을 먼저 챙기는 아버지의 인간적인 면모를 보며 자랄 수 있었고, 늘 묵묵히 가족을 위해 희생하는 어머니의 뒷모습을 가슴에 품으며 자랄 수 있었습니다. 심지어 어머닌 김치찌개도 잘 끓입니다. 우리 집 수저는 다이아급 수저임이 분명합니다.

자식을 낳은 부모는 자식이 태어난 순간부터 자신의 인생을 포기합니다. 좀 더 좋은 환경을 갖춰주지 못한 미안함에, 원하는 삶을 살아가길 바라는 절실함에, 부모란 이름을 가진 사람들은 그렇게 '자신'이 아닌 '자식'의 삶을, 묵묵히 살아갑니다. 현재 환경이 어떻든, 여러분이 물고 태어난 수저는 금수저가 맞습니다. 이제 부모님께 어떤 수저를 돌려드릴지 고민해 보는 건 어떨까요.

 라쌤의 한 마디

자기의 부모를 섬길 줄 모르는 사람과는 벗하지 말라.
왜냐하면 그는 인간의 첫걸음을 벗어났기 때문이다.

백 리를 가는 사람은

○

저는 재수를 했습니다. 원하는 대학, 학과에 한 번에 합격하지 못했기에 일 년이란 시간을 더 투자해야만 했죠. 친구들이 OT에, MT를 다니던 시절에 전 매일 아침 학원으로 '등원'을 했습니다. 심지어 2월부터. 매일 12시간 넘게 공부를 했습니다. 재수 학원은 등록금이 만만치 않았거든요. 돈이 아까워서라도 이번엔 성공해야겠다! 단단히 마음을 먹고 미친 듯이 공부했던 기억이 납니다.

그런데 10월 즈음 되니까 정말 방전되어버리고 말았습니다. '더는 공부할 게 없는 느낌'이 들기 시작했죠. 처음엔 친구도 안 사귀고 공부만 해야겠단 다짐이 있었는데, 언제부턴가 재수 학원 같은 반 친구들과 너무 친해져서 흐트러지는 것도 함께하게 되었습니다. 힘든 시기를 함께 공유하는 사람들과는 짧은 시간 만에 깊은 관계가 되기도 하거든요.

처음엔 노래방에 갔습니다. 입시 스트레스를 풀어보잔 목적이었죠. 정말 기분이 좋았습니다! 2000년대 남성들에게 최고 인기 그룹이었던 버즈. 버즈의 '가시'를 부르며 그간 쌓인 스트레스를 풀었습니다. 다음 날엔 게임방, 다음 날엔 고깃집, 다음 날엔 '노래방에 갔다가 게임방에 들러서 최종적으로 고깃집에 가는' 코스를 경험했습니다.

결과적으로 수능 성적은 목표했던 만큼 나오지 않았습니다. '삼수'에 대한 유혹도 있었지만 여러 여건상 불가능했기에… 마무리를 잘하지 못한 후회를 해봤자, 소용이 없었지요. 다행히 운 좋게 좋은 대학에 합격할 수 있었지만, 지금 생각해도 당시의 일탈과 방황은 정말 후회됩니다.

몸짱 열풍이 불어 저도 한 번 운동에 빠졌던 적이 있습니다. 사람이 살면서 근육질 몸매를 가져보는 것도 필요하지 않을까 하는 생각이 들어 매일같이, 정말 매일같이 운동했습니다. 그런데 근육질 몸매라는 게 쉽게 만들어지는 것이 아니더군요. 아무리 열심히 해도 근육질은커녕 오히려 '술배'만 더 나오는 느낌이었습니다. 군대 후임이자, 헬스트레이너인 동생에게 전화를 걸어 물어보았습니다.

"야, 아무리 운동을 빡세게 해도 맨날 몸은 왜 그대로냐?"

"형, 운동하고 나면 미친 듯이 힘들고 그래?"

"첨엔 그랬는데, 요샌 적응돼서 괜찮아."

"그러니까 그렇지. 적어도 마지막 10분은 미친 듯이 힘들어야 효과가 있는 거야."

어쩌면 고3 수험생들은 10월이란 '매너리즘'에 빠지는 시기가 될지도 모릅니다. 엄청 지겹겠지요. 지금까지 한 것으로 충분하다 생각할 것입니다. 하지만 최고의 순간을 위해선 분명, 최고의 마무리가 필요한 법입니다.

'백 리를 가는 사람은 구십 리를 반으로 삼는다'라는 격언이 있습니다. 마무리의 중요성을 언급하는 말이지요. 꼭 수능이 아니더라도, 여러분이 가고자 하는 어떤 길에 서 있을 때 늘 이 말을 기억하길 바랍니다. 꼭 특급 마무리를 등판시키기를!

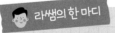
라쌤의 한 마디

시작도 반이고, 끝도 반이다.

우리의 상상은 현실이 된다

○

태어나서 절대 잊지 못할 장면들이 있나요? 몇 년이 지나도 기억 속에서 지워지지 않을 명장면! TV에나 나올법한 장소에 갔을 때 보게 되는 경치, 우연히 만나게 된 연예인 등. 제 인생의 명장면 중 하나는 참 별것도 아닌데…. 그래도 종종 생각이 납니다. 군대에서 막 전역하고 지하철을 탔는데, 사람들이 스마트폰으로 TV를 보고 있던 그 놀라운 광경을!

2학년 학생들의 '독서와 문법' 수업을 담당했던 적이 있습니다. 2학기 수업이었는데, 학기가 시작하는 8월 말부터 11월 중순까지 거의 석 달간 이론 수업 대신 수행평가만 진행했습니다. 'SF 영화를 보며 감상문

쓰기', '미래를 다룬 책 읽고 서평쓰기', 'SF 소설 창작하기' 이렇게 세 가지 활동을 했죠. 제가 원래 프로젝트 활동을 좋아해서, 함께하는 친구들이 조금 힘들어합니다. 그래서 최대한 중간고사를 보지 않으려고 노력하죠. 평가에 대한 부담을 줄이고 진짜 국어 공부를 하고 싶어서! 이런 활동을 좋아하지 않는 친구들이 많지만, 다행히 시간이 지나고 돌이켜 보면 그래도 기억에 남는 좋은 활동이었다고 말해주곤 합니다. 원래 지나고 나면 다 추억이니까… 일부러 친구들이 쓴 서평들을 모아 한 권의 책으로 엮기도 했습니다. 모두에게 한 권씩 선물로 줬지요! 미리 예산을 확보해놨거든요. SF 소설 쓰기 수행평가를 위해 관련된 여러 자료를 찾던 중 눈에 띄는 구절을 발견했던 기억이 납니다. "SF는 더 이상 공상과학이 아니다. SF는 상상과학이라고 하는 것이 맞다. 과거엔 공상이라고 여겼던 것들이 이제 현실이 되었기 때문이다!"이 구절과 함께 스마트폰으로 영상통화를 하고 있는 흑백 영화 장면이 제시되어 있었습니다.

　우리가 살아가는 세계는 늘 변화를 겪습니다. 생각지도 못했던 일들이 현실 속에서 이뤄지고 있는 광경을 보면 정말 놀라울 수밖에 없지요. 여러분이 상상하는 미래는 어떤 모습인가요? 이렇게 질문하면 세계보단 개인적인 변화를 더 궁금해하는 친구들이 많았습니다. 어떻게, 미래의 여러분은 대학생활을 즐겁게 하고 있나요? 행복한 가정생활을 하고 있나요? 꿈은 이루었나요? 즐겁게 살아가고 있나요?

그게 맞다면, 그 상상을 현실로 이루기 위한 노력을 해야 합니다. 애석하게도 그런 모습이 아니었다면, 그 미래를 바꾸기 위한 노력을 해야 합니다. '상상'이 '공상'에 그치지 않고 '현실'이 되기 위해서 우리에겐 피나는 노력이 필요합니다. 밤에도 환한 불을 가질 수 있게 해주었던 것처럼, 여행을 배가 아닌 비행기로 갈 수 있게 된 것처럼, 휴대전화로 인터넷을 할 수 있게 된 것처럼 '꿈'이란 이름의 여러분의 미래도 반드시 이뤄질 것이라 믿습니다. 천천히 한 걸음씩 미래를 향해 발을 내디뎌 봅시다.

 라쌤의 한 마디

도전하고픈 마음은 살아있음을 느끼게 해주는 힘이 됩니다.

집 나가면 개고생

○

'회사원' 대신 '학교 선생님'을 택하고 절대 하지 않아도 될 거라 생각한 한 가지, 바로 '영업'입니다! 영업사원은 회사 안에 머물지 못하고 여기저기 찾아다녀야 하거든요. 전 누가 뭐래도 강력한 '집돌이' 성향을 지니고 있어서 밖으로 돌아다니는 일은 맞지 않습니다.

그런데 매년 10월, 11월이면 전 어김없이 출장을 갑니다. 출장의 목적은 학교 홍보! 비평준화 지역의 고등학교에 근무하다 보니, 학교 홍보가이뤄지지 않으면 지원자가 모자라게 되고, 결국 정원 미달 사태에 이르게 됩니다(실제 학교가 겪었던 일이기도 하답니다). 이런 상황이 지속되면 결국 학급 감축과 교원 감축으로 이어질 수 있으니 언제부턴가 학교에서 적극적인 대외 홍보활동을 하기 시작했습니다. 많은 곳을 갈 땐 경기도 내 50여 개 중학교에 찾아가 학교 홍보 활동을 하기도 했습니다. 그런데 왜 제가 가냐고요? 원래 이런 일은 그 학교의 얼굴마담이….

처음엔 조금 재밌기도 했습니다. 학교를 떠나 용인, 화성, 오산 등 다양한 지역을 다닌다는 것에 흥미가 생기더군요. 다른 학교 구경도 하고…. 학생 수가 많이 줄어서인지 중학교엔 빈 교실이 참 많았습니다. 그래서 빈 교실을 탁구장으로 개조해 쓰고 있는 학교가 많더군요! 신기했지요. 지나다니며 보이는 중학생 친구들은 괜히 말 걸기 무서운 느낌도 받았답니다. 다양한 경험을 할 수 있어 즐거웠지만, 결국 마지막에 드는 생각은 이랬습니다. '우리 학교 가고 싶다!' 아침마다 피곤한 몰골로 저를 맞아주는 '우리 아이들'이 없어 조금 아쉬웠습니다. 알지도 못하는 학생들이 멀뚱멀뚱 쳐다볼 때마다 칙칙하지만 나름 상큼한 구석이 있는 우리 반 친구들의 얼굴이 떠올랐답니다. 처음 가는 학교의 교무실, 처음 보는 중학교 선생님들과 어색한 대화를 나눌 땐 우리 학교 선생님들의 잔소리가 그리워졌답니다.

우리 모두 각자의 울타리 안에 살고 있습니다. 그 울타리가 지닌 이름이 가끔은 날 화나게 하고 창피하게 하고 또 때론 슬프게 만들 때도 있지만 그래도 '우리 학교'니까, 내가 선택한 울타리이니까, 끝까지 사랑하고 아껴줄 필요가 있을 것 같습니다. 여러분도 살아가며 수많은 집단에 소속되는 경험을 하겠지요? 어느 집단에 속하든 간에 마찬가지일 겁니다. 늘 내가 소속된 집단을 위해 희생할 줄 아는 사람이 되었으면 합니다.

라쌤의 한 마디

1인분밖에 못 시킬 때의 서러움을 아나요. 식구食□들을 잘 챙기세요.

일 년에 딱 한 번
있는 날

○

　모든 하루가 일 년에 고작 한 번 있는 날이지만, 우린 어떤 하루는 좀
더 특별하게 기억하곤 합니다. 당연히 젤 먼저 떠오르는 날은 생일이겠
죠! 세상의 주인공이 된 기분이 드는 날이잖아요! 많은 이들이 직접 축
하해 주기도 하지만, 요즘 트렌드는 아마도 '기프티콘'이 아닐까 합니다.
갑자기 생일이라고 전화를 하거나 만나자고 하면 민망하잖아요. 축하
는 해주고 싶은데 뭔가 어색할 때 이용하기 정말 좋은 시스템이란 생각
이 듭니다. 생일 말고도 수학여행 가는 날, 시험 보는 날 등 특별한 하루
들이 우리에겐 참 많습니다. 그리고 여러분께 자신의 생일 날짜만큼 중
요하게 기억해주었으면 하는 날짜가 하나 있습니다.

'독도의 날'. 1900년 10월 25일 고종이 독도를 울릉도의 부속 섬으로 명시한 것을 기념하며 제정되었다고 합니다. 전국 각지에서 기념행사도 하고 있답니다! 그런데 정작 중요한 것은 우린 이날이 독도의 날이었는지 조차 모르고 있단 것입니다. 때때로 '독도는 우리 땅' 노래를 부르기도 하지만, 겉만 번지르르한 속 빈 강정에 불과한 것이었을지 모릅니다.

독도가 대한민국 영토임을 알려주는 명백한 증거들이 많이 있답니다. 일본의 옛 지도에도 독도가 우리나라 영토라는 내용이 명시되어 있습니다. 심지어 이러한 내용이 담긴 일본 정부의 문서도 발견되었습니다. 이렇게 무수히 많은 증거가 있으며 현재 독도에 대한민국 국민이 거주하고 있음에도 일본 정부가 억지 주장을 펼 수 있는 것은 바로 우리 탓입니다. 신경 쓰지 않기 때문이지요.

어느 단체에서 시민들에게 몰래 실험했습니다. 식당에서 밥을 먹는 사람에게 갑자기 다가가 그 사람의 밥을 먹는 것이지요. 카페에서 커피를 마시는 사람에게 다가가 그 사람의 커피를 후루룩 마셔버린다든지. 정말 황당하지 않겠습니까? 모르는 사람이 와서 갑자기 '내 것'을 자기 것처럼 행동하니 말입니다.

독도가 그렇습니다. 갑자기 어느 날부터 자기 것처럼 행동하는 이들이 있습니다. 물론 독도에 대해 어느 정도 알고 있는 학생들도 있겠지만, 우리 친구들은 별로 관심이 없는 것 같아 안타깝습니다. 몇십 년간 독도를 지키기 위해 애썼던, 우리의 영토를 수호하기 위해 애쓰고 있는 모든 분을 떠올리도록 합시다. 그리고 우리도 이제 깊은 관심을 가져보는 것은 어떻겠습니까. 10월 25일은 독도의 날입니다.

라쌤의 한 마디

누구에게나 일 년에 딱 한 번 있는 날!
내가 먼저 연락 안 하면, 친구들도 자연스레 멀어지더라고.

11월

아는 것이 없으니, 이면에 숨겨진 의미는 볼 수 없었습니다.

모르면 보이지 않습니다. 사람은 누구나 아는 만큼만 보는 법이지요.

그래서 알아야 합니다. 여러분이 디디며 살고 있는 세상에 숨겨진 많은 것들이,

여러분 눈에 그리고 머리에 꼭 담겨질 수 있도록!

학생은 늘 움직였고
세상은 늘 변했다

○

해마다 11월 3일이 되면 제가 근무하고 있는 학교에서는 '등교맞이 행사'를 진행합니다. 말 그대로 선생님들이 일찍 출근해서 등교하는 친구들을 맞이해주는 행사입니다. 대신 간식도 나눠주고, 또 따뜻한 포옹도 나누고 그렇게 특별한 '맞이'를 해주는 것이죠. 선생님들이 일렬로 쭉 늘어서서 간식을 나눠주는데, 제가 내민 손이 민망하게 다른 선생님을 찾아가는 학생들도 있습니다. 해가 갈수록 제 인사를 받아주는 학생들이 줄어들고 있습니다! 내가 주는 초코맛 파이도 다 같은 맛이라고!

11월 3일은 '학생의 날'입니다. 여러분을 위한 날이지요. 그런데 여러분을 '위한 날'이기도 하지만, 여러분이 꼭 '기억해야 하는 날'이기도 합니다.

1929년 10월 30일, 광주에서 출발한 한 기차 안에서 조선 여학생들이 일본인 남학생들에게 희롱을 당합니다. 이를 참지 못한 조선 학생들이 일본 학생들과 그야말로 '대난투극'을 벌였는데, 당연하다는 듯이 조선의 많은 학생이 심한 탄압을 받습니다.

이에 11월 3일, 광주의 수많은 학생이 거리로 나서게 됩니다! 기미가요를 부르라는 명령에 불복하고, 대신 '독립만세'를 외치며 시위를 시작했습니다. 1,500여 명의 학생이 구속되어 고문을 받았고, 3,000명에 이르는 학생들은 정학이나 퇴학 조치를 받았습니다. 그러나 이 시위의 열기는 전국으로 확산됐고, 학생 5만 명이 넘게 참가하는 대규모 항일운동으로 발전했습니다.

지금은 어떨까요? 요즈음에도 일부 학생들은 사회문제에 많은 관심 가지고 있고, 사회참여형 동아리를 직접 개설해 많은 현안에 대한 지속적인 분석을 해내고 있습니다. 최근에도 서울 소재 모 고등학교에선 교사들의 정치 편향적 수업에 반발하며 학생들이 연합체를 구성해 시위를 한 사건이 있었습니다. 정말 놀랐습니다. 많은 학생이 '학업에 신경써야 한다'라며 외면하기도 했지만, 묵묵히 잘못을 바로잡으려 애쓰는 연합체 학생들의 노력을 보며 역경에 대한 두려움으로 세상을 외면해

왔던 스스로를 깊이 반성하게 되었습니다.

오늘의 이야기는 절대 이념에 치우친 이야기가 아닙니다. '학생들의 움직임'에 대해 말씀드리는 것입니다. 이념은 절대적인 가치가 아니기에 학생들이 특정 이념에만 반발하는 것은 분명 문제가 되겠지만 사회 부조리에 대항하는 그 힘은 어른에게만 있는 것이 아님을 이야기하고 싶었습니다.

세계의 역사를 들여다봐도 늘 학생들은 움직였고, 세상은 늘 바뀌어 왔습니다. 그리고 그 역사는 여러분에 의해 지속될 것입니다. 꿈틀거리는 움직임을 외면하지 마세요. 무엇이든 더해지면 더해질수록 거대하고 강력한 힘이 됩니다.

라쌤의 한 마디

빗방울 하나하나가 모여 거대한 바다가 된다는 걸
우리는 이제 잘 알고 있습니다.

미안한 그리고 고마운

○

생활기록부를 뽑아본 적 있죠? 정말 많은 항목이 자리하고 있습니다. 학적, 출결, 수상 기록 등. 첫 장에는 또 특별한 한 가지가 실려 있죠. 바로 담임 선생님! 제가 담임했던 수백 명의 학생 중에는 정말 안타까움을 금할 길이 없는 녀석들이 있습니다. 그 녀석들의 공통점은 1, 2, 3학년의 담임 선생님이 모두 같은 사람이라는 것입니다. 애석하게도.

대한민국에, 제가 근무하고 있는 학교, 아니 같은 학년에만 해도 참 훌륭하신 선생님들이 많았습니다. 그런데 하필이면 이들이 만난 담임은 고작 저 하나뿐입니다. 솔직히 불쌍하기도 합니다. 그래서 미안한 녀석들이죠. 더 좋은 선생님을 만날 수도 있었을 텐데. 그들 중에, '민수'란 녀석을 탐구해보려 합니다.

툭 까놓고 이야기해서, 민수는 사실 공부를 잘하는 부류의 친구는 아니었습니다. 능력 면에서 봤을 때 많이 부족한 녀석일지도 모릅니다. 그런데, 사람은 능력으로만 살 수는 없다는 것! 능력이 없으면, 노력하면 되잖아요? 1학년 2학기 중반 즈음 민수가 조용히 저를 찾아와서는, 공부를 잘하고 싶다고 말하더군요. 학업능력이 뛰어난 주변 친구들을 보며 아무것도 이루지 못한 스스로에 대한 자괴감을 드러냈습니다.

궁금했습니다. 녀석이 해낼 수 있을지. 그리고 또 궁금했습니다. 능력을 노력으로 만회하는 것이 가능한 세상인지. 그때 국어 기초 문제집을 풀어오는 숙제를 내주었는데 놀랍게도 다 해내는 것이었습니다! 그래서 다른 과목 문제집도 추천해 주었더니 놀랍게도 며칠 만에 다 풀어오더군요. 거의 꼴찌에 가까운 성적으로 입학했던 민수의 등수는 점점 치솟기 시작했습니다. 학업 외 활동도 추천해 주었습니다. 자율동아리, 다양한 인권 관련 행사 참여를 권유했더니 아예 동아리 부장을 맡아 행사를 주도했습니다. 성적이나 수상 쪽 실적은 다소 미미하지만, 민수의 생활기록부 내용은 어마어마해졌습니다. 같은 학년 그 누구에게도 뒤지지 않았죠. 소위 말하는, '스펙 왕'이었던 것입니다.

민수는 자신의 내신 성적이나 모의고사 성적으론 지원하기 어려운 대학에 당당히 합격했습니다. 종합전형으로! 입시 상담을 하다 보면 스스로 '정시파'라 부르는 친구들이 있습니다. 어차피 내신 성적이 좋지 않기 때문에 수시로는 좋은 대학에 갈 수 없다고 스스로 판단한 것이죠. 알고 보면 정시파로 성공한 친구는 정말 극히 드뭅니다. 성공하지 못하는 이유는 어쩌면 '성취'를 경험해보지 못했기 때문은 아닐까요? '안 되니까 과감히 패스'와 같은 전략은 '회피'의 다른 표현일지 모릅니다.

성공한 사람들은 절대 편함을 추구하지 않습니다. 조언 구하기를 두려워하지 않으며 무엇보다, 스스로 과대평가하지 않습니다. 다들 알고 있죠? 노력은 누구나 할 수 있다는 것을. 할 수 있는데, 안 하는 것뿐이지.

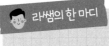
라쌤의 한 마디

민수야, 우리 밥 먹자.

엄마 마음

○

우리 가족은 부모님, 저, 남동생 이렇게 네 식구입니다. 그런데 희한하게도 아버지를 제외한 세 식구는 모두 생일이 11월입니다! 어릴 때야 생일날 먹는 케이크가 최고의 선물이었지만, 나이가 드니(?) 빵 종류의 음식은 안 먹게 되더라고요. 그래서 동생 생일에 저도 껴서 같이 파티합니다. 초등학생 시절, 나름의 효심이 발동하여 열심히 용돈을 모았습니다. 어머니 생신 선물을 사드리기 위해! 어떤 선물을 살까 오랜 시간 고민하다, 최종적으로 고른 선물은 '인형'이었습니다. 야심 찬 선물이라 생각했지만, 어머니의 표정은 그리 좋지 못했어요. 마지못해 고맙다는 말만 하셨습니다.

나이를 먹고서야 알았습니다. 선물은 주는 사람 마음도 중요하지만 받는 사람이 무엇을 원하는지 생각하는 게 먼저라는 걸 말이죠. 직장을 갖게 된 후론 늘 선물로 봉투에 현금을 넣어 드렸습니다. 어머니께선 신중하게 생각하고 돈을 쓰는 성격이어서 현금을 드리는 것이 가장 현명한 선물이라 생각이 들었습니다(이건 사람마다 취향 차이라는 것!). 물론 가족들과 좋은 식당에 가서 식사도 합니다!

고3 담임을 하던 해, 어머니 생신 때도 전 정신없이 하루를 살아야 했습니다. 얼른 일을 마치고 집에 가서 가족들과 식사를 하고 싶었지만 이런 일 저런 일 바쁜 일들이 쌓여 있어 퇴근이 늦어졌습니다. 다행히 은행에 미리 들러 현금을 찾아놓긴 했지만, 결국 집에 도착한 시간은 밤 11시! 어머니가 섭섭해할까, 걱정이 이만저만이 아니었습니다. 문을 열고 들어갔는데 아니나 다를까 어머니께서 거실에서 TV를 보고 계시더군요. 저희 부모님은 평소 10시면 주무시거든요. 많이 섭섭하셨구나, 하는 마음에 인사를 드리는데, 어머니께서 묻습니다.

"저녁은 챙겨 먹었니?"

어머니는 김치찌개를 끓여놓으셨습니다. 당신 생일인 건 생각하지 않고, 다가올 아들 생일 생각에 아들이 좋아하는 김치찌개를 끓여놓은 겁니다. 어머니 마음이 이런 것이구나… 조그마한 일에도 기뻐하고 슬퍼하는 어머니, 아니 엄마. 현금 가득한 봉투도 좋은 선물이겠지만, 밥 잘 챙겨 먹고 건강한 자식의 모습을 보여드리는 게 어머니껜 가장 큰 선물이라는 걸 다시금 깨달았습니다. 나이를 헛먹었는지 자꾸만 새로운 걸 깨닫게 됩니다.

여러분은 누군가의 선물입니다. 스스로 아끼고 사랑하는 것만큼 부모님께 드릴 좋은 선물은 없습니다. 하루하루를 알차게 살아가며 꿈을 향해 나아가는 모습을 보여드릴 수 있다면, 더더욱 좋은 선물이 될 수 있겠죠?

 라쌤의 한 마디

엄마는 엄마가 처음인데 엄마 노릇을 왜 이리 잘할까.
나도 날 잘 모르겠는데 엄마는 왜 이리 잘 알까.

아는 만큼 보인다

○

조금 창피한 일일 수도 있고 뭔가 이상한 사실일 수도 있는데, 전 서른 살이 되고 처음 제주도에 가보았습니다. 그것도 수학여행 지도교사로! 전 분명 집돌이가 맞나봅니다. 집 밖으로 나가면 무슨 큰일이라도 생기는 줄 알았는지, 제대로 된 여행을 해 본 적이 거의 없네요. 함께 간 선생님 중에는 벌써 수학여행으로만 다섯 번 가까이 제주도를 방문하신 선생님도 계셨습니다. 참 아름다운 곳이었습니다. 살 끝에 전해지는 향긋한 바람, 음악처럼 귓속에 흘러오는 파도 소리…. 수학여행 지도교사가 아니라 연인과 함께 방문해야 하는 곳임을 절실히 깨달았죠.

여러분은 수학여행을 어떤 곳으로 갔나요? 요즘엔 외국으로 나가는 경우도 흔하지 않게 있더군요. 제가 학생이던 시절에 수학여행은 무조건 '경주'였는데 말입니다. 10원짜리 동전에 나오는 다보탑도 보고, 석굴암에 가서 온화한 부처님 얼굴도 보고, 정말 많은 것을 경험했습니다. 사실 그보다는 같은 시기에 경주를 찾은 여고생들을 보느라 정신이 없었지요. 불국사는 워낙에 많이 찾아갔던 곳이다 보니, 불국사에 대해서는 많이 알고 있다는 착각을 하게 되는 것 같습니다. 그래서 유적지를 둘러보는 데 소홀해지는 것이지요. 그런 '오해'는 누구나 가지고 있을 것입니다.

정확히 10년 뒤, 친구와 둘이 경주를 가게 되었습니다. 그 친구는 대학생이었는데, 교양 과제를 해야 하니 함께 불국사를 보러 가자는 것이었습니다. 심지어 저에게 가이드를 해달라고까지 했죠. 그런데 더 놀라운 점은 제가 흔쾌히 '알았다'라고 대답했다는 거죠. 무슨 생각으로 그랬는지 모르겠지만, 가기로 했으니 어쩔 수 없었습니다. 가기 전에 전 경주에 대해 엄청난 공부를 해야 했습니다. 자신 있게 가이드를 해주겠다고 했으니 어느 정도는 알고 가야 했죠.

그리고 그 시간, 불국사와 경주에 대해 공부하는 순간들은 정말 놀라웠습니다. 아무 생각 없이 여기던 것들이 다 나름의 의미를 지니고 있고, 하나하나 세심한 손길로 만들어졌다는 것을 알게 되었습니다. 어느 정도 알아본 뒤 가게 된 경주는, 지금껏 찾아왔던 경주와는 전혀 새로운 의미로 다가왔습니다.

일제 강점기, 일제는 조선 사람 중에서 가난하고 돈 없는 사람들을 뽑아 강제로 일본 여행을 시켰습니다. 당연히 조선의 빈민들은 발전된 문화를 보고 감탄하며 일제의 지배를 정당하게 여기게 되었고, 일본 사람들은 허름한 모습의 조선인들을 보며 식민통치에 대한 죄책감을 전혀 가질 수 없게 되었습니다. 자신들 덕분에 저 불쌍한 조선인들이 잘 살게 될 거라는 것이지요.

아는 것이 없으니, 이면에 숨겨진 의미는 볼 수 없었습니다. 모르면 보이지 않습니다. 사람은 누구나 아는 만큼만 보는 법이지요. 그래서 알아야 합니다. 여러분이 디디며 살고 있는 세상에 숨겨진 많은 것들이, 여러분 눈에 그리고 머리에 꼭 담겨질 수 있도록!

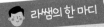 라쌤의 한 마디

아는 것이 힘인지 모르는 게 약인지, 뭐가 맞는지 우선은 알아야 해.

그대들은 벼룩인가

○

'작은 고추가 맵다'라는 말이 있죠? 겉으론 보잘것없이 보여도 나름의 뛰어난 능력을 지닌 대상을 표현할 때 쓰는 말입니다. 세상엔 그런 존재들이 많습니다. 여러분도 잘 찾아보면 남들이 가지지 못한 고유의 능력을 지니고 계실지 모릅니다. 지금 당장 장풍을 쏴보세요! 아니면, 눈에서 레이저가 나가진 않는지 확인해보세요! 능력을 확인하더라도, 우린 그것을 한껏 발휘하지 못하곤 합니다. '이거 잘 해서 뭐해?'와 같은, 스스로 평가절하하는 마음 때문일까요? 아니면 두려움?

미국의 유명한 박사님 한 분이 '벼룩 실험'을 소개한 적이 있습니다. 여러분도 잘 아실만한 이야기이지만, 한 번 해볼까요? 벼룩은 본인 크기의 100배 혹은 그 이상 뛰어오를 수 있다고 합니다. 그 벼룩을 잡아 유리병에 넣고 뚜껑을 닫아 버리는 것이지요. 아무것도 모르는 벼룩은 뛰어올랐다가 그만 뚜껑에 맞아 바닥으로 떨어집니다. 뛰어오르고, 부딪히고, 떨어지고를 반복하던 벼룩. 이제 벼룩은 뚜껑에 닿기 직전까지의 높이로만 뛰어오릅니다. 그런데 놀라운 사실! 벼룩을 유리병 바깥으로 꺼내고 나면 벼룩은 어떤 모습을 보일까요? 부딪히는 것이 두려웠던 벼룩은 더 이상 이전 높이만큼 높이 뛰어오르지 않습니다. '보이지 않는 벽'이 있다고 생각하는 거죠. 여러분은 무엇이 두렵나요?

살아온 삶을 부정하거나, 스스로 가치를 낮게 평가하지 않았으면 합니다. 누구에게나 '잠재력'이라는 것이 있죠. 여러분 표현으로 하면 '포텐 터진다'라고 합니다! 괜히 남들과 다른 길을 갔다가 돌이키지 못하는 상황이 올까 봐 두려우신가요? 고난을 겪으면 더 단단해질 수 있습니다. 수능 시험을 못 볼까 봐 긴장되시나요?

여러분이 지금껏 풀어온 문제집이 몇 권이었는지 한 번 떠올려보세요. 그 안에 수능 문제들 다 들어있을 겁니다. 모든 걸 쏟아낸 시간이 여러분도 모르는 사이에 여러분의 다리를 굉장히 튼튼히 만들어 줄 것입니다. 그러니 어떤 일에 도전하는 것에 대해 긴장하거나 떨지 않아도 됩니다.

꽉 막힌 뚜껑 따윈 없습니다. 혹시나 뚜껑이 있다면, 확 그냥 깨버리십시오. 깨버리기 충분한 여러분의 다리입니다. 대신 더 높이 뛰어오를 순간을 위해 꾸준히 점프력을 키워야겠죠? 제자리높이뛰기, 시작!

 라쌤의 한 마디

유리천장을 깨기에 우리 머리는 충분히 단단합니다! 만져보세요.

막장 인생

○

수능이 끝난 고3 교실, 참 가관입니다. 인생을 포기한 듯한 시체(?) 몇 구가 교실에 늘어져 있죠. 심지어 점심을 먹고 등교하는 시체들도 있습니다. 그들에게 전했던 이야기를 담아볼까 합니다.

저는 예정일보다 한 달이나 먼저 태어났다고 합니다. 성격이 급했나 봐요. 그래서 흔히 말하는 '미숙아'의 상태로, 인큐베이터 안에서 거의 한 달 가까이 살았다고 합니다. 죽을 수도 있었지만, 다행히도 여전히 건강하게 잘 살고 있습니다.

군대에 입대한 후 첫 휴가, 연대 체육대회 우승으로 연대장 특별 휴가까지 더해져 일주일이라는 긴 시간의 휴가를 보낼 수 있었지요. 그런데, 놀랍게도, 6박 7일은 6.7초급이었습니다. 대학생 때 학원 아르바이트를 하고 월급을 받게 되었습니다. 그 돈으로 휴대폰을 바꿀 계획이었는데, 월급이 모자란 것입니다! 알고 보니 중간에 휴일이 있어 하루치 수당이 빠졌던 거였어요. 어머니가 꽃가게를 하실 때 한창 대목인 졸업식 시즌에 맞춰 미리 꽃다발을 만들었습니다. 그리고 꽃다발을 한 아름 들고 동네 중학교에 갔지요. 꽃다발을 판매할 자리가 없었습니다. 이미 한 시간 전부터 나온 경쟁 꽃가게들이 자리를 다 차지한 바람에 하는 수 없이 그 날 꽃은 폐기 처분해야 했습니다.

처음으로 혼자 봤던 영화가 있습니다. 우리나라 국보급 투수들의 명승부를 다룬 영화였는데, 설레는 마음으로 극장에 찾아갔을 때 직원이 말했습니다. "방금 매진되었는데, 다음 영화로 하시겠어요?" 결국 두 시간 후 영화를 볼 수밖에 없었지요. 아, 1분만 빨리 갈걸. 안성에서 동탄으로 집에 가는 길이었습니다. 안성엔 '인지 사거리'라는 굉장히 복잡한 사거리가 있습니다. 차들이 다 꼬여 있다 풀리는 순간 빈틈을 보고 엑셀을 밟는데, 옆에서 SUV 차량이 저와 같은 생각을 했는지 갑자기 빠른 속도로 다가오는 것입니다. 브레이크를 밟았는데! 다행히 아무 일도 없었습니다. 1초만 늦게 밟았으면 분명 저는 사고 가해자가 되었을 것입니다.

여러분의 한 달은, 일주일은, 하루는, 한 시간은, 일 분은 그리고 일 초는 어떤가요? 마치 인생이 끝난 것처럼 너무 막 살고 있는 건 아닌가요? 정말 많은 것이 달라질 수 있는 순간들입니다. 무언가 해낼 수 있는, 일상의 소중함을 놓치지 맙시다.

 라쌤의 한 마디

시간은, 세상에서 가장 공평하게 주어지는 선물입니다.

성공하는 법

○

저는 서울에 있는 어느 대학교의 사범대학, 국어교육과를 졸업했습니다. 사범대에는 국어교육과, 수학교육과, 영어교육과 등 여러 학과가 있고, 학생 대부분이 공립학교 교사를 꿈꾸며 '중등교원 임용시험' 준비를 합니다. 저도 마찬가지였고요. 그런데 4학년이 되었을 때 저는 '후회'로 한 해를 시작했습니다. 너무 늦은 건 아닐까, 걱정하며 하루하루를 보냈던 것이지요.

친구들을 따라 사범대 안에 있는 도서관에 자리를 등록했습니다. 선생님이 되고 싶었으니까요! 아니 그런데 임용시험을 준비해보려니까 도저히 무엇을 어떻게 해야 할지 감이 오질 않았습니다. 그냥 기출 문제

11월

집이나 붙잡고 한두 주를 보냈는데, 강의 중 어떤 교수님이 이런 말을 했습니다.

"임용 합격하고 싶으면, 합격한 사람이 했던 것처럼 하면 된다."

아, 정말 명쾌한 답이 아닐 수 없었습니다. 저는 당장 '합격 수기'를 찾아 정리했지요. 그리고 엄청난 충격을 받았습니다. 다들 2, 3학년 때부터 최소 문학작품 정리를 시작했고, 심지어 4학년을 시작할 때 중세문법처럼 어려운 파트는 이미 2회독 이상 완료한 상태였습니다. 그리고 저는! 아무것도 이뤄놓은 것이 없었습니다.

물론 지금은 잘 살고 있습니다만, 정말 빙 돌아온 느낌을 지울 수 없습니다. 그리고 교사로 살면서, 그때의 저처럼 안타까운 모습을 여러 학생을 통해 볼 수 있었습니다. 수능이 끝났다고 인생이 끝난 것이 아닙니다. 애석하게도, 더 치열하고 고된 삶이 이제 새롭게 시작될 뿐입니다.

그러한 삶 속에서 살아남는 것, 성공한 인생을 사는 방법은 다름 아닌 '성공한 이들의 삶' 속에서 배움을 추구하는 것입니다. 그들의 삶에서 결코 시간을 헛되이 낭비하는 장면은 없을 겁니다. 잠시 방황했더라도 분명 다시 제자리를 찾고자 했을 것이고, 완전 바닥까지 떨어졌더라도 새로운 길을 개척해냈을 것이 분명합니다. 있는 그대로 '따라하라는 것'이 아닙니다. 보고 배울 점을 찾아 '내 것으로 만드는 것'이 필요하겠죠.

꼭 바닥까지 떨어진 후에야 다시 제자리를 찾으려 할 필요는 없지 않을까요? 앞으로의 삶을 설계하고, 또 하나하나 갖추어 나가보는 건 어떨까요? 그러기 위해 성공한 이들의 삶이 어땠는지 한 번 참고해보세요.

라쌤의 한 마디

우린 합격 수기를 넘어, 자서전을 쓰는 사람이 되어봅시다!

인류 역사상 최초

○

2017년 11월, 인류 역사상 최초의 사건이 발생했습니다. 정말 상상도 해보지 못한, 꿈속에서도 등장한 적이 없는 초유의 사태. 다름 아니라, 수능이 연기되었습니다. 경북 포항 지역에 발생한 지진으로 인해 어쩔 수 없이 결정된 일이었습니다.

수능 전날, 당시 전국에 있는 수많은 중학교 및 고등학교 선생님들은 수능 감독과 관련된 연수를 받고 있었습니다. 우리 학교에도 감독교사, 진행 요원 등 100명 가까운 선생님이 모여 있었죠. 그런데 갑자기 동시에 모든 핸드폰이 울리기 시작하는 것이었습니다! 그리고 10초쯤 지났을까, 땅이 울리기 시작했습니다. 지진이구나! 포항에서 발생한 지진의

1학년 3반 종례신문

여파가 경기도 안성까지 전해졌다는 사실이 무섭고, 두려웠습니다. 그럼에도, 수능 연기는 다행스럽게 여겨야 한다는 것을 생각했습니다. 지금 조금 불편한 것이 나중에 생길 더 큰 문제를 방지할 수 있기 때문입니다.

2017년 11월 16일. 수능이 예정된 그날, 포항에는 40여 차례 여진이 계속되었다고 합니다. 아마도 예정대로 수능이 진행되었다면, '수능 재시험'이라는 말도 안 되는 일이 벌어졌을지도 모릅니다. 그 진원지에 있던 이들에게 그 충격은 이만저만이 아니었겠죠. 가끔 우린 개인의 손해를 감수하기 위해 혹은 이익을 쫓기 위해 (조금 과하게 표현하자면) 가장 우선 생각해야 할 인간으로서의 도리를 잊곤 합니다.

불합리에 대한 문제 제기는 어디서나 있어야 하지만, 인간 면모를 상실하면서까지 이익을 좇을 필요는 없을 겁니다. 당장의 이익이 시간이 흐른 뒤 어떤 모습의 화살이 되어 우리에게 돌아올지 모르는 것이죠.

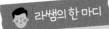 라쌤의 한 마디

만만한 사람도 되면 안 되겠지만, 악랄한 사람도 되어서는 안 됩니다.

초심

○

'젊다'는 건 언제까지 쓸 수 있는 말일까요? 30대 중반, 8년 차 교사에 겐 쓸 수 있는 말인가요? 학교에 계신 많은 선생님은 '아직 한창이다'라 는 표현을 써주지만, 스스로를 보면 더 이상 젊다는 생각이 들지 않습니 다. '젊어서 고생은 사서도 한다'라는 말이 와닿지 않고, 교사로서 열정 도 줄어드는 것 같은 기분이었죠. 심지어 피부도 전과 같지 않다고요!

문법 수업 시간에 '젊다'는 형용사이며 '늙다'는 동사라는, 우리말의 신 비로운 세계를 가르치고 있을 때 반 친구 한 명이 이런 말을 했습니다.

"아무리 형용사라도, 우리 스스로 젊어지려고 노력하면 동사라고 할 수 있는 것 아니에요?"

1학년 3반 종례신문

'젊다'는 형용사이지만, '젊어지다'라는 동사가 있긴 합니다. 문법적인 관계를 모두 떠나서, 제게 중요한 한 마디였죠. 젊은 마음, 바로 '초심'을 떠 올리게 했으니까요! 20대 패기 넘치던 젊은 교사는 매달 학부모님들께 편지를 썼습니다. 서른일곱 장을 출력하여 각 가정에 우편으로 부쳤죠! 그 시절 편지들을 다시 꺼내어 읽어보게 되었습니다. 조금 창피하지만, 다시 그 편지를 적으며 초심을 떠올려보려 합니다.

아직 봄기운이 완연하지 못하여

가끔씩 찾아오는 찬바람이 야속한 계절,

건강은 괜찮으신지요?

저는 2014학년도 1학년 3반 담임입니다.

국어과를 맡고 있으며 남교사입니다.

이름 때문에 가끔 오해하시는 분들이 계신데,

'한국 사람' 맞습니다.

어느덧 어린아이의 모습을 버리고

늠름한 고등학생이 된 자녀를 보면서

기특함과 걱정이 교차하실 거라 생각됩니다.

제가 분명히 말씀드릴 수 있는 것은,

그 상반된 감정 중 기특함을 더 크게 가지셔도 된다는 것입니다.

11월

저 역시 그렇게 믿고 아이들을 열심히 응원하고 있는 중입니다.

저는 아이들과 마찬가지로 올해 이 학교에 새롭게 부임한 신임교사입

니다. 다른 곳에서의 경력은 있으나

이 울타리에 처음 들어와 저 역시 낯설고,

지금도 적응을 위해 애쓰는 과정에 있습니다.

그러한 점 때문에 걱정하시는 학부모님도 계실 거라 생각합니다.

어쩌면 그러한 걱정이 당연할지도 모르겠습니다만,

지금 제가 학부모님께 드릴 수 있는 말씀이 있다면

그것은 '약속'이란 이름이 붙을 것 같습니다.

나이가 어리고 경력이 적다고 하여,

아이들을 생각하는 그 마음까지 작다고 생각하진 않습니다.

아버지처럼, 어머니처럼, 때론 형처럼, 친구처럼

믿고 의지할 수 있는 담임이 되겠습니다.

저나 아이들이나 백지상태로 이곳에서의 생활을 시작하였지만,

조금씩 서로의 여백을 채워가겠습니다.

조금 늦을지라도, 반드시 도달하겠습니다.

故 장영희 교수님의 수필집 《내 생에 단 한 번》에

'하필이면'이라는 글이 있습니다.

흔히 '하필이면'은 좋지 못한 상황에 쓰는 말이지만

그것을 뒤바꾸어 좋은 상황에 붙여보면,

불평불만만 일삼던 우리의 삶이

감사하고 아름다운 일 투성이가 된다는 내용입니다.

하필이면 대한민국의 수많은 학교 중 지금 우리 학교에서,

하필이면 '1학년 3반'이란 이름으로 모인

우리 아이들과 학부모님 모두에게

올 한해 건강과 행복이 가득하길 바랍니다. 감사합니다.

혹시 '매너리즘'이란 이름의 악마가 여러분을 괴롭힐 때가 있진 않나요? 그럴 때 처음 가졌던 마음이 무엇이었는지 떠올려보면 좋을 것 같습니다. 그 순간 가졌던 패기, 열기, 끈기, 호기! 다시 불러 모아 보는 거죠!

라쌤의 한 마디

초심은 원래 내 것이었다. 다른 사람 물건을 훔쳐 오는 게 아니고,
내 안에서 꺼내기만 하면 된다.

잊지 말자

○

앞서 언급했지만, 저는 11월에 태어났습니다. 24일, 11월이 지나갈까 말까 한 애매한 시기죠. '생일 축하한다'라는 기본적인 축하 인사, '올해는 제발 외롭게 보내지 말'라는 당부, '할 것 없으면 연락해, 내가 있잖아'와 같은 위로 등 다양한 축하 인사를 전해 받곤 했습니다. 하지만 '그해' 생일은 조금 달랐습니다. 축하 인사와 함께, '너 잡혀가는 것 아니냐', '이러다 정말 큰일 생기는 것 아니냐' 등의 메시지가 함께 왔습니다.

3대 세습을 본격화한 북한이 2010년 11월 23일 오후 2시 34분, 서해 연평도의 우리 해병대 기지와 민간인 마을에 해안포와 곡사포로 추정되는 포탄 100여 발을 발사했습니다. 북한의 이 포격 도발로 인해 해병

1학년 3반 종례신문

대 2명이 사망하고 16명이 중경상을 입었으며, 민간인은 2명이 사망하고 10명이 부상당했습니다.

'역사를 잊은 민족에게 미래는 없다.'라는 말이 있습니다. 물론 우린 이 말을 일제 강점기와 연결 지어 기억하는 경우가 많습니다. 나라를 빼앗긴 슬픈 역사를 기억하는 것은 당연합니다. 그런데 그만큼 중요한 건 나라를 단단하게 '지키는 것'이라 생각합니다. 제대로 지키지 못하면 또다시 슬픈 역사가 되풀이될지도 모르니까요. 그래서 우린 이날의 아픔을 기억해야 합니다.

매년 전쟁기념관 평화의 광장에서는 연평도 포격 도발 추모 헌정이 열립니다. 외국인 관광객들과 시민들은 진짜 사나이 플래시몹에 맞춰 태극기를 흔들고 애국가를 부르며 군가에 맞춰 당시 사망한 국군 장병들을 추모하곤 합니다. 고작 20대 초반의 나이에 나라를 위해 군 복무를 하다 세상을 떠난 젊은 청년들은 아마 많은 이들의 가슴속에 슬픔이란 이름으로 살아있을 것입니다.

그런데 제가 정말 안타까웠던 점은 당시 그 사건을 바라보는 많은 이들의 '태도'입니다. 사고 소식이 전해지고 SNS상에는 정말 이해할 수 없는 이야기들이 올라왔습니다. '오늘 차 바꿨는데, 연평도 축포인가!', '전쟁만 나봐. 콘서트 얼마 안 남았다고!', '한국에 없어서 다행ㅋㅋ 한국에 없어서 좋은 거 처음이얌' 등….

대한민국엔 아픈 과거가 참 많습니다. 먼 과거가 아니라도 세월호, 천안함, 그리고 연평도 포격 사건까지 정말 생각만 해도 슬픈 일들이 참 많았죠. 그런데 여전히 그 아픔을 조롱하고, 개인의 이득을 위해 정치적으로 이용하는 이들이 너무 많습니다. 내 슬픔이 아니라고 해서 함부로 말해선 안 될 것입니다. 그 아픔이 나의 아픔과 다르지 않다는 공감의 자세 그리고 슬픔을 나누는 위로의 자세가 우리에게 꼭 필요하다고 생각합니다.

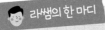
라쌤의 한 마디

넌 보여줄 수 있잖아! 절대 삭막한 세상이 아님을!

12월

'교사의 기도'라는 기도문에는 이런 구절이 있습니다.

'가르치면서도 배우게 하소서.'

세상을 바라보는 시각이 모두가 같을 필요는 없다고 생각한 계기였습니다.

저는 정말 학생들에게 많은 것을 알려주고, 많은 걸을 가르쳐주고 싶었는데,

늘 제가 더 배우게 됩니다. 그리고 그것이 참 행복합니다.

'불치하문'이라는 말 알죠? 누군가에게 묻고, 배우는 것을 절대 두려워하지

말고, 나의 지식과 세상에 대한 견해를 넓혀 나가보는 건 어떨까요?

잃는다는 것

○

저는 친할머니를 뵌 적이 없습니다. 제가 태어나기 전에 돌아가셨기 때문이지요. 어릴 적, 조금 우습긴 하지만 어머니께 이런 질문을 드린 적이 있습니다. "엄마, 할머니가 되면 다 죽어요? 엄마도 할머니가 되면 죽어요?" 그때 어머니의 대답이 잘 기억이 나지는 않지만, 분명 '엄마'를 '할머니'로 만들면 안 되겠다, 그래서 결혼해서 아이를 낳으면 안 되겠다는 다짐을 했지요. 그래서 지금 제가 혼자인…, 아닙니다.

언젠가 우리 학급의 학생이 울먹이는 목소리로 전화를 했던 기억이 납니다. 할아버지가 돌아가셔서 학교를 못 올 것 같다는 이야기였습니다. 어떤 친구 아버님이 크게 다치셨다는 전화를 받은 적도 있고, 또 어떤 날은 오래 투병하던 친구의 큰아버지가 돌아가셨다는 전화를 받기도 했습니다.

우린 당연하게도 항상 누군가를 잃어가야만 합니다. '죽음'이라는, 인간이라면 당연히 겪어야 할 그 아픔이 우릴 찾아오곤 하지요. 곰곰이 생각해보았는데 누군가를 잃는다는 것, 그건 정말 슬픈 일인 것 같습니다.

'죽음'은 아니었지만, 반 학생 한 명을 잃은 적이 있습니다. 그 슬픔은 시간이 아무리 지나도 지워지지 않고, 여전히 그 친구를 생각하면 가슴이 찢어질 듯 고통스럽습니다. 마음이 아파서 등교하지 못하는 친구가 있었습니다. 맞벌이 부모님이 늘 그 친구를 집에 홀로 남겨둔 채 출근해야 했죠. 아침마다 전화해도 받지 않았습니다. 눈을 떠도, 두통이 너무 심해 일어나지 못한다고 했습니다. 그래서 전 그 친구의 집에도 찾아가고, 조금 덜 아파할 때 저녁을 사주기도 했습니다. 어떻게 해서든 학교에 나오게 하고 싶었거든요.

그러나 그 친구는 결과적으로 '유급' 판정을 받았습니다. 질병 결석 일수가 너무 많다는 이유였습니다. 학교에는 정해진 기준이 있었고, 그 기준을 훌쩍 넘어버린 결석 일수로 인해 어쩔 수 없는 결정이었습니다. 한 살 어린 친구들과 같은 학년을 새로 시작하는 대신 그 친구는 '자퇴'를 결정했습니다. '졸업을 시켜주고 싶다'는 목표는 결국 이뤄지지 못했죠. 이후로 연락을 하지 못했습니다. 스무 살이 되면 '삼겹살에 소주'를 나누고자 약속했지만, 스스로 면목이 없어서인지 만나는 게 미안하고, 두렵습니다.

잃고 싶지 않아도, 내 의지와는 상관없이 누군가를 잃어야만 할 때가 있죠. 그 순간 미련과 후회가 남지 않도록 서로를 좀 더 아끼며 살아가면 정말 좋지 않을까 하는 생각이 듭니다. 꼭 현재 속해있는 학급 울타리를 이야기하는 것만은 아닙니다. 우리 주변엔 존재만으로도 감사하고 소중한 사람들이 많이 있습니다. 조금씩만 마음을 열고, 이해하며, 배려하는 사람이 되어 보는 것이 어떨까요.

라쌤의 한 마디

'언제 한번 만나자'라는 말 대신,
'00월 00일에 저녁같이 먹자'라고 말해보세요!

허들링

○

12월, 겨울입니다. 춥습니다. 날씨 때문인지, 옆구리가 허전한 것인지, 아니면 둘 다인지 모르겠지만. 어쨌든 12월이 되면 정말 춥습니다. 그래서 겨울이 되면 불티나게 팔리는 상품들이 있죠.

첫 번째 히트 상품은 '핫팩'! 센 척 하던 시절에는 핫팩의 위대함을 잘 몰랐습니다. 약속이 있어 나가려는데 어머니께서 갑자기 목 뒤에 하나, 배꼽 부위에 하나, 이렇게 핫팩을 붙여주시는 겁니다. 속는 셈 치고 붙여보라고 하셨는데, 속지 않았습니다. 제 몸은 금세 불덩이가 되었고, 추위 따위는 다 이길 수 있을 것 같았죠. 물론 실내에 있을 때만 해당되는 느낌이었습니다. 밖을 돌아다니면 또 추워집니다.

두 번째 상품은 '내복'입니다. 내복을 어쩐지 '촌스럽다'고 생각하는 경향이 있는데, 추위 앞엔 장사가 없습니다. 무조건, 정말 무조건 입어야 합니다! 100% 순면 내복을 추천해 드립니다. 입은 듯 안 입은 듯 편안한 느낌, 게다가 보온 기능까지! 물론 밖을 돌아다니면 또 추워집니다. 겨울이면 늘 몸을 따뜻하게 보호할 수 있는 방법을 고민하게 되는데, 더불어 이런 생각도 해봅니다. 안 그래도 꽁꽁 언 세상인데, 마음까지 얼어 버리면 큰일이겠구나!

우연히 TV를 보다가 남극 황제펭귄의 '허들링'이란 것을 알게 되었습니다. 펭귄들이 사는 남극은 평균기온이 대략 영하 20도 정도이고, 가장 추울 때는 영하 90도 가까이 내려간 적도 있다고 합니다. 내가 추운 건 추운 것도 아니구나….

'허들링'은 다름 아닌 극한의 추위 속에서 살아남는 펭귄들의 생존 방식입니다. 펭귄들은 무리를 지어 다니는데, 견디기 힘든 추위를 만나게 되면 두 개의 큰 원을 만든다고 합니다. 서로의 몸을 밀착시켜 바깥 원에 있는 펭귄들이 안쪽 펭귄들의 바람막이 역할을 해주는 것이지요. 그리고 정말 놀랍게도, 바깥 펭귄들이 지칠 때 즈음이면 안쪽 펭귄들이 자리를 바꿔주는 것이지요! 영상으로 그 장면을 보면서도, 정말 믿기지 않았습니다. 그렇게 계속해서 자리 바꾸기를 반복하며, 체온을 나누며, 누구도 지치지 않은 채로 추위를 이겨낸다고 합니다. 이게 가능하다니!

　사실 많은 사람이 이런 '허들링'을 해내지 못합니다. 절대 바깥 원의 구성원이 되려 하지 않을 겁니다. 가장 안쪽에 들어가기 위해 노력할 테고, 밖으로 나오지 않기 위해 애를 쓸 것입니다. 언젠가는 자신의 가족 외에는 누구도 알지 못하고, 따스한 체온 대신 차가운 시선과 이기적인 세태가 온 세상을 가득 채우는 날이 올지도 모르겠습니다.

　하지만, 지금은 아닙니다. 아직 많은 곳에서 시련을 함께 이겨내기 위해 애쓰는 이들이 존재합니다. 그리고 우리도 충분히 해낼 수 있습니다. 절대 어려운 것이 아닙니다. "지금 당장 홀딱 벗고 밖으로 나가서 원 만들어!"라고 말하는 것이 아니라, 우리가 쉽게 할 수 있는 것들, 따뜻한 말한 마디, 친구를 위한 배려처럼 사소한 것부터 해보자는 거죠! 그 사소함이 온 우주를 뜨겁게 만들 수 있는 위대한 시작이 될지도 모릅니다.

라쌤의 한마디

추울 때 안길 수 있는 사람을 찾지 말고
내가 안아줄 수 있는 사람을 찾아, 맘껏 안아주세요.
따뜻할 거예요, 분명.

욕망의 끝

○

　매년 선생님들은 교육자로서의 역량을 강화하기 위해 정해진 시간만큼의 연수를 들어야 합니다. 물론 학교마다 다르겠지만, 제가 근무하고 있는 학교에서는 연간 60시간의 연수를 권장하고 있습니다. 60시간을 다 안 채운다고 혼나거나 그런 건 아니지만, 매년 채우려고 노력하고 있죠. 연수의 분야가 워낙 다양하고, 정말 필요하다는 생각이 많이 들더라고요. '안전'과 관련된 연수도 있고, '상담'과 관련된 연수도 굉장히 다양하게 있습니다. 재미있는 역사적 사건들을 알기 쉽게 소개해주는 연수도 있었는데, 국어교사로서 다양한 수업 자료개발을 위해 필요하다는 생각이 들어 수강했습니다. 기대만큼, 정말 값진 연수였죠. 그간 알지 못했던 지식을 쏙쏙! 여러분, 이래서 공부를 해야… 연수에서 배운 재미있는 사실 한 가지를 알려드릴게요! 진시황이 죽은 이유와 관련된 이야기입니다.

중국과 티베트에선 건강을 유지해 주고, 부러진 뼈를 붙게 만들고, 생명을 연장해 주는 신비의 물질이 존재했다고 합니다. 그 물질은 다름 아닌 수은! 우리가 수은의 피해를 줄이기 위해 형광등도 깨지 않고 버리는 건 알고 계시죠? 그 위험물질 수은을 옛날 사람들은 신비로운 물질로 귀하게 여겼다고 하니, 참 놀라웠습니다. 심지어 수은은 최초의 화장품 원료로 사용되었다고도 합니다. 피부를 밝게 만들고, 피부트러블이나 흉터를 감추는 데 탁월한 효과를 발휘했다고 합니다. 그렇지만 그 수은은 피부조직을 괴사하게 하고, 탈모나 복통, 현기증을 유발하는 물질이었지요. 그럼에도 사람들은 수은 화장품을 계속 사용했습니다. 왜? 나를 아름답게 만들어주니까!

수은의 명성에 가장 혹했던 사람이 다름 아닌 진시황이었던 것! 황제가 되기 전부터 수은을 복용했고, 수은을 몸에 바르기도 했으며, 심지어 무덤 곁에도 수은이 가득 찬 인공호수와 바다를 만들었다고 하니 얼마나 수은에 대한 사랑이 넘쳤는지 알 만합니다. 진시황의 죽음에 대한 여러 가설 중 대표적인 것이 바로 '수은 중독'입니다. 광적인 수은 중독으로 피부가 괴사되고, 정신병이 발생했다는 설이 있습니다.

수은에 대한 이야기를 통해 제가 여러분께 하고 싶은 말이 무엇일까요? 건강과 수명은 분명 중요하지만, 과도한 집착과 욕심은 화를 불러올 수 있다는 것이죠! 불확실한 것에 대한 무리한 투자로 인해 오히려 진시황은 오히려 삶을 낭비하게 되었을지 모릅니다. 기왕 욕심을 낸다면, 우리의 '내일'에 욕심을 내보는 건 어떨까요? 우리의 내일, 우리의 미래는 노력하기만 하면 충분히 얻어낼 수 있거든요! 진짜 욕심내야 할 것이 무엇일지, 늘 가슴에 새기고 반드시 그것을 쟁취하기를 바랍니다.

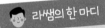
라쌤의 한 마디

'시간 되면', '돈이 더 생기면', '좀 더 마음의 준비가 되면',
'계획이 제대로 세워지면' 그리고 '나중에'

가르치면서도 배우게 하소서

○

일을 벌인다? 교사라는 직업을 가지고 있는 사람들이 하는 대부분의 일은 '학생들을 위한 일'입니다. 일을 벌이고 나면 순간순간이 고생이고 힘들지만, 다 학생들을 위한 것임을 생각하며 버티고 또 버티죠. 끝나고 나면 정말 뿌듯합니다. 학교 선생님들이 아무것도 안 한다고 생각하는 친구들도 있겠지만, 정말 고생하는 분들이 많다는 것 꼭 알아주세요!

저도 몇 년 전에 일을 하나 벌였습니다. 'NIE전시회'라는 전교생을 대상으로 한 활동입니다. 활동 자체는 학생들이 하기에 어려움이 없지만, 그 활동에 대한 기록, 생활기록부에 입력할 내용을 마련하는 게 정말 힘이 듭니다.

그렇지만 매달 학생들이 정성스레 작성한 NIE 기록지를 보면 정말 뿌듯하긴 합니다. NIE, '신문을 활용한 교육'이란 의미인데, 신문 기사를 읽고 자신의 견해를 제시하는 활동입니다. 우리 학교에선 매달 100여 명의 학생들이 참여합니다. 그 말은, 선생님이 100여 편의 작품들을 읽어야 한다는 말이지요. 놀랍게도, 지루하지가 않습니다. 비슷한 주제가 선택될 때도 있지만, 정말 제가 몰랐던 다양한 분야의 기사들이 접할 수 있어 꽤 흥미로운 프로그램입니다.

2019년에는 프로그램이 제대로 자리 잡아 정말 많은 학생이 꾸준히 활동에 참여했습니다. 자연반 학생들은 아무래도 미세먼지 관련 기사들을 많이 다루었고, 더불어 태양계의 새로운 행성이 발견되었다는 것, GPS 없이 돌아다닐 수 있는 로봇 개발 등의 기사들을 활용했습니다. 인문반 학생들은 연예인 성 상납, 경호원의 과한 직무수행 등 사회적 이슈들을 많이 다루었죠.

그중 가장 인상 깊었던 것은, '어느 유명 지휘자의 죽음'을 다룬 기사에 대해 자신의 견해를 논한 학생의 작품이었습니다. 저는 당연히 훌륭한 사람이 죽어 안타깝다, 따위의 내용을 예상했는데, 그 학생은 이 기사를 읽고 정말 예상 밖의 견해를 제시했습니다.

"왜 유명인의 죽음만 기사로 다루어지는가?"

이 세상에 존재하는 사람들은 모두 귀한 존재인데, 유명인의 죽음만 슬퍼해선 안 된다는 것이었습니다. 모든 이들의 죽음에 슬퍼하고, 안타까워한다는 것이었지요. 더불어 신문사를 차려 세상을 떠난 모든 사람의 소식을 기사로 전하겠다는 나름의 포부를 밝히기도 했습니다.

'교사의 기도'라는 기도문에는 이런 구절이 있습니다. '가르치면서도 배우게 하소서.' 세상을 바라보는 시각이 모두가 같을 필요는 없다고 생각한 계기였습니다. 저는 정말 학생들에게 많은 것을 알려주고, 많은 걸을 가르쳐주고 싶었는데, 늘 제가 더 배우게 됩니다. 그리고 그것이 참 행복합니다. '불치하문'이라는 말 알죠? 누군가에게 묻고, 배우는 것을 절대 두려워하지 말고, 나의 지식과 세상에 대한 견해를 넓혀 나가보는 건 어떨까요?

라쌤의 한 마디

지혜와 지식은 학교에만 있는 것이 아니요,
사람에게만 배울 수 있는 것은 더더욱 아닙니다.

1학년 3반 종례신문

선생님은
나를 잘 모르잖아요!

○

제가 한 말입니다. 어릴 적, 세상을 잘 모르던 시절 겉으로 내뱉진 못했지만, 속으로는 수백 번, 수천 번 외쳤던 말입니다. 놀랍게도, 지금도 생각은 다르지 않습니다. 학창 시절 선생님들은 잘 모르셨습니다.

여러분도 다들 공감하지 않을까 하는 생각을 조심스레 해봅니다. 그런데 어찌 보면 이건 참 당연한 이야기입니다. 세상 그 누구도 상대를 완벽히 파악할 순 없습니다. 선생님이 맞다고 하는 말이 틀렸다고 생각될 수도 있고, 선생님이 하라는 일이 하기 싫을 수도 있습니다. 초등학생 때 담임 선생님 중 한 분은 제게 법조인이 되라 하셨습니다. 적성검사를 했는데 법조인이 나왔다는 이유로 제게 법조인이 되는 것이 좋겠다고 하셨고, 전 '저도 모르게' 정말 좋다고 이야기했습니다. 그리고 '저도 모르게' 변호사가 되어야만 하는 이유를 찾아갔던 기억이 납니다.

중학교 땐 '뭐가 되고 싶냐'는 선생님의 질문에 또 '저도 모르게' 기자가 되고 싶단 이야기를 했습니다. 진심으로 간절하게 원하는 직업은 아니었지만, 딱히 생각나는 것도 없어서 기자를 이야기했던 것 같습니다. 그리고 고등학생이 되어서도, '저도 모르게' 저의 장래 희망은 '기자'였습니다.

지금 생각해 보면 기자는 저와 정말 맞지 않는 직업입니다. 우선 무엇보다도 전 어딘가를 찾아가는 것을 매우 싫어합니다. 운전하는 것도 좋아하지 않습니다. 이상하게 운전을 오래 하면 몸이 쉽게 지치더라고요. 기자가 되었다면 아마 금방 때려치우고 나왔을 것 같습니다. 저는 고3이 되어서야 진짜 제가 원하는 것이 무엇인지 알았습니다. '저를 잘 모르시는' 선생님께선 '저도 모르게' 여기저기 저의 성향과 성격과 성적을 논하며 미래에 어떤 사람이 되어 있을 것이라는 전망을 내놓았지만, 제 선택은 달랐습니다. 저는 변호사도, 기자도 아닌, '교사'입니다. 그런데 참 아이러니한 것은, 그 꿈은 선생님의 지지가 있었기에 단단하게 이룰 수 있었단 것입니다.

선생님은 여러 학생과 숱한 상담을 합니다. 저는 물론이거니와, 아마도 상당수의 선생님이 (학창시절 저의 선생님들이 그랬듯) 여러분의 성향과 성격과 성적을 바탕으로 여러분의 미래를 그리고 계십니다. 그게 혹시라도 잘못된 것이라면, 그건 여러분 탓입니다.

'선생님은 날 잘 모르잖아요!'라고 말해도 좋습니다. 잘 모르는 것 같으면, 알려드리세요. 나는 어떤 사람인지, 어떤 사람이 되고 싶은지. 그저 '전 아직 꿈이 없어요, 나중에 꼭 찾을게요.'라고 말해도 좋습니다. 그러면 분명 선생님은 '그래, 너를 항상 응원한다, 지지한다.'라고 이야기해 줄 겁니다.

 라쌤의 한 마디

'나'라는 사람은, '너는 누구냐?'라는 질문에 답할 수 있는 사람인가.

얼굴 찌푸리지 말아요

○

한 해를 마무리하는 12월, 교실에 들어가면 정말 마음이 아픕니다. 지쳐서 쓰러질 듯한, 세상의 모든 피곤함을 혼자 독차지한 듯한 얼굴을 보고 나면 저도 가만히 있어도 졸음이 쏟아집니다. 물론 12월에만 해당하는 이야기는 아니지만….

수업을 준비하면서 가장 신경 쓰는 것들이 있습니다. 선배 선생님께서 수업에 꼭 필요한 세 가지를 알려주셨거든요. 첫째, 짧게. 둘째, 웃기게. 셋째, 유익하게. 수업 시간이 정해져 있는데 무작정 짧게 할 수는 없을 것 같아 조금이라도 '웃음'을 가미하고자 노력합니다. '유익함'은 기본이고요! 그런데 많은 준비를 하고 들어가도 친구들이 잘 안 웃습니다.

웃음의 코드가 달라서인가요, 아니면 그냥 제가 안 웃긴 건가요? 전 강제로 친구들에게 "안 웃겨도 웃어!"라고 말합니다. 안 웃긴데 어떻게 웃느냐고 묻는 친구들도 있겠지만, 그래야만 합니다! 그 이유를 알려드릴게요.

독일의 심리학자 한 분이 한 가지 실험을 하였습니다. 한 명은 입술로 펜을 물고, 또 한 명은 치아로 펜을 문 채로 만화책을 보게 했습니다. 아마도 그 만화는 원피스? 아님 마블 코믹스? 그러고 나서 그 만화책이 얼마나 재미있는지 평가를 하도록 했지요. 결과는? 치아로 펜을 물었던 참가자는 그 만화책을 훨씬 더 재미있게 읽었다고 했습니다!

이게 도대체 무슨 얼토당토않은 실험이냐고요? 여러분도 심심하면 한 번 거울을 보며 해보세요. 펜을 치아로 물게 되면, 사람의 얼굴은 웃는 인상이 됩니다. 이 실험은, 다름 아니라 '표정과 기분의 상관관계'를 따져본 실험이었던 거죠. 그리고 사람의 표정이 밝을수록, 기분도 좋아질 수 있다는 결론을 얻어낸 것입니다.

사람이 살아갈 때 항상 즐거울 수만은 없습니다. 그렇지만 우린, 행복하기 위한 노력을 할 수 있답니다. 다름 아니라 '웃는 것'입니다. 그거 하나면 충분하다는 거죠. 조금 귀찮고 힘들 때도 있겠지만 기왕이면 함께 웃으며 서로를 격려하고 또 위해주는 모습을 보여주는 것! 우린 충분히 행복할 수 있습니다!

요즘 힘드신가요? 정말 다행히 혼자 힘든 시기인 것은 아닐 겁니다. 또한 그 힘든 시기가 타인을 위한 희생 때문인 것도 아니겠지요. 누가 뭐래도 여러분 자신의 성장과 발전, 밝은 미래를 위해 달리는 것이니 절대, 지치거나 포기하지 말아 주세요. 예쁘고 잘생긴 얼굴 다 구겨지겠습니다. 얼굴 찌푸리지 마세요!

더불어 한 가지 부탁드리자면, 수업 시간 생각지도 못한 순간에 들려오는 선생님의 아재개그! 재미없어도 한 번 웃어보세요. 이상하게 재미있게 느껴질걸요? 진짜로!

라쌤의 한 마디

재밌으시죠? 잼이세요?

하나둘 그리고 하나

○

어느덧 5년 넘게 사는 안성. 안성엔 정말 '맛집'이 많습니다. TV에 나온 식당도 많지만, 숨겨진 맛집도 많습니다. 안성 한우가 유명하다 보니 설렁탕, 냉면 맛집도 많고 심지어 전국적으로 유명한 김밥집도 있습니다. 오이김밥. 최고. 맛집만 많은 것이 아닙니다. 전국적으로 유명한 축제도 많이 열립니다. 안성을 대표하는 '바우덕이 축제', 들어보셨나요? 조선 시대 남사당의 발상지가 바로 안성이거든요! 우리나라 최초의 여성 꼭두쇠 '김암덕'님을 기리며 만든 축제가 바우덕이 축제입니다. '안성맞춤 포도축제'도 빼놓을 수 없습니다. 천주교를 전파하기 위해 조선 땅을 찾으셨던 '공베르 신부님'은 미사를 집전하기 위해 포도를 직접 재배하셨습니다. 우리나라 포도 재배의 시작이 바로 안성!

더 많은 자랑거리가 많지만 지면 관계상 생략하겠습니다. 정말 중요한 곳을 소개해드릴 예정이거든요. 안성엔 북한을 이탈한 주민들의 사회적응을 돕는 기관이 있습니다. 통일부 소재의 '하나원'이란 곳이죠. 마침 안성에 있는 우리 학교에서는 하나원에 있는 '하나둘학교' 학생들과 정기적인 교류를 하고 있습니다. '남북 청소년 어울림의 날' 행사!

30여 명의 학생과 행사에 참여하게 되었습니다. 하나둘학교에는 선생님도 계시고, 학급도 있고, 우리가 다니는 학교와 크게 다르지 않은 곳입니다. 다만 학습하는 교과에는 조금 차이가 있겠죠? 하나원에 계신 모든 선생님과 학생이 정문까지 나와 환영 행사를 해주었습니다.

행사를 마치고 첫 프로그램은 체육활동이었는데, 세 개로 나누어 풋살, 컬링, 하키 등의 활동을 하였습니다. 확실히 뛰어놀며 함께 무언가를 하니 금방 친해지는 기분이었죠! 저도 친구들과 함께 풋살도 하고, 하나둘학교 학생들과 대화도 나누며 심리적 거리를 좁히기 위해 노력을 하였습니다.

열일곱 살의 여학생이 있었습니다. 그 친구는 하나둘학교를 수료하고 우리가 다니는 일반 학교에 꼭 입학하고 싶다는 소망을 말했습니다. 대화를 나누면 나눌수록 참 영리한 아이라는 생각이 들었는데, 말도 똑

부러지게 잘하고, 아는 지식도 참 많았지요. 이 아이가 북쪽이 아닌 우리와 같은 공간에서 처음부터 시작을 같이했다면 어땠을까 하는 아쉬움도 들었습니다. 한편으론, 기대감에 젖어있는 친구의 모습에 걱정도 조금 되었지요. 이 세상이 그리 만만하지 않을 것인데…. 어리고 순수한 이 소녀가 적응하기엔 우리의 삶은 꽤나 삭막하고 거친 모습을 지니고 있으니까요.

전, 솔직히 말해 통일에 관심이 그리 높진 않았습니다. 먹고 살기도 바쁜데 그런 사회문제까지 신경 쓸 겨를이 없다고 생각했지요. 그런데 북한에서의 고된 삶과 희망을 찾아 목숨을 걸고 산을 넘고 물을 건넜던 이야기를 들으며 조금 생각이 바뀌었습니다.

통일은 찬반으로 양립할 수 있는 문제가 아니라 당위성을 지닌, 반드시 성사되어야 하는 가치라는 걸 알게 되었습니다. 더불어 우리 사회가 순수한 이들에게도 삶이 허락되는, 깨끗한 모습을 갖춰야 할 것이라는 생각도 들었습니다.

하루빨리 통일이 되길 간절히 소망합니다. 그리고 그 이후를 이끌어나갈 여러분의 모습을 기대합니다. 또한, 하나둘 학교 학생들이 앞으로 살아나갈 삶이 순탄하며 아름답길 기도해 봅니다.

 라쌤의 한 마디

통일되면 뭐가 좋으냐고? 네가 통일에 기여하고 있는 건 뭔데?

지금은, 라디오시대!

○

초등학생 때 '핑클'의 '내 남자친구에게' 무대를 본 이후, 수많은 걸그룹에 제 마음을 바쳐왔습니다. 그런데 교사가 되고 주말마다 음악방송에서 남자 그룹의 노래를 따라 부르는 저의 모습을 심심치 않게 확인할 수 있었습니다. 특히 남녀 합반 담임을 할 때는 정말 많이 봤습니다. 반 친구들과 소통을 하기 위해서였죠!

어떻게 보면, 교사는 늘 유행에 민감해야만 하는 직업인 듯합니다. 워낙 유행에 민감하고, 또 유행이 자주 바뀌는 시대를 살아가고 있어서 정신을 똑바로 차리지 않으면 안 되겠더라고요! 최근엔 '뉴트로'라는 표현을 많이 듣게 되었습니다. '새로움'과 '복고'가 합쳐진 신조어죠. '복고를 새롭게 즐긴다?' 이렇게 생각하면 될 것 같습니다.

유행에 이끌려가는 것이 아닌, 유행을 선도하는 대한민국의 멋진 선생님이 되도록 새롭게 즐길 만한 복고문화를 떠올려봤습니다. 그다지 어려운 문제는 아니었습니다. 제가 청소년 시절에 즐겼던 것들을 생각해보면 되겠더라고요. 연예인 이름을 딴 빵, 만화 캐릭터의 스티커가 든 빵이 제일 먼저 떠올랐습니다. 게임방에도 정말 많이 갔던 기억이 납니다. 남녀노소 함께 즐길 수 있는 게임이 많았거든요. 포트리스, 카트라이더 등등. 방과 후에 아지트로 모여!

'뉴트로'라고 부를 만한 것인지는 잘 모르겠지만, 제게 한동안 잊고 지냈던 취미가 있었습니다. 라디오 듣기. 친한 선생님께서 출퇴근 시간마다 라디오를 청취한단 말을 듣고, 저도 옛 추억을 떠올리며 주파수를 돌려보았습니다. 정말 놀랐습니다. 초등학생 때부터 꾸준히 들었던, 심지어 직접 손편지를 써서 사연도 보냈던 그 프로그램이 여전히 흘러나오고 있더군요. 20년도 더 되었는데!

더욱 반가웠던 건 지나간 옛 추억의 노래들을 만날 때였습니다. 라디오에서 틀어주는 노래들은 청취자들의 신청곡인 경우가 많거든요. 그러다 보니 정말 다양한 시대, 다양한 장르의 노래들을 들을 수 있었습니다. 빠르고 화려한 영상 매체들이 문화의 중심에 있는 그야말로 미디어의 시대를 살아가고 있는 우리에게 라디오는 잠시 쉬어가는 여유를 갖게 해주는 묘한 매력이 있는 친구입니다. 날이 갈수록 세상은 더 빨라지고 있습니다. 제가 처음 쓴 컴퓨터는 286 컴퓨터였는데, 부팅하는 데 최소 5분 이상 걸렸던 기억이 납니다. 윈도우란 운영체제는 당연히 없었고, DOS라는, 이젠 설명하기도 어려운 그 시스템을 통해 컴퓨터를 이용했죠. 지금은 정말 편한 세상을 살아가고 있는 것 같네요.

그런데 그 세상을 살아가면서 우린 좀처럼 쉬질 못하는 것 같습니다. 세상 사람들이 살아가는 이야기가 담겨 있고, 그 이야기에 공감할 수 있고, 또 이야기에 얽힌 추억 속 노래들도 들을 수 있습니다. 꽤 매력 있지 않나요? 라디오 한 번 켜보세요! 휘몰아치는 삶 속에서 한 줄기 여유도 즐겨보시길.

라쌤의 한 마디

다시 달리기 위해, 적절한 타이밍에 숨 고르기가 필요해.

가리는 손

○

책을 낼 때마다, 저를 울리는 참 야속한 작가 한 분이 계십니다. 그분은 절 아예 모르지만, 전 늘 작가님을 원망하고 있죠. 미워요! 날 울리다니! 작가님의 글을 읽다가, 제 마음을 고스란히 옮겨놓은 듯한 구절을 보게 되었습니다.

앞으로 아이가 맞이할 세상은 이곳과 비교도 안 되게 냉혹할 테니까.
그렇지만 그 땐 나도 어려서 그곳이 이토록 차가운 곳일 줄은 몰랐다.
이 세계가 그 차가움을 견디는 방식으로
누군가를 뜨겁게 미워하는 언어를 택하는 곳이 되리라곤 상상 못했다. (…)

김애란 작가님의 《가리는 손》중 한 부분을 발췌했습니다. 이 글을 읽은 날, 전 반 친구들에게 편지를 썼습니다.

선생님도 그랬어. 생각보다 쉽지 않은 세상이더라고.

너희에게 칭찬과 웃음만 주고 싶었는데,

그런 행복만 가득한 세상은 아니더라고.

난 분명 너흴 아끼고 사랑하는데,

나처럼 이 세상이 너흴 이유 없이 사랑해 주진 않을 거야.

선생님은 선생님이니까,

어쩌면 당연하게도 너흴 사랑할 수밖에 없는 사람인데,

이 학교를 벗어나서 만날 수많은 사람은

그렇게 제한 없는 사랑을 주진 않을 거야.

그래서, 내가 너흴 사랑하는 만큼 다른 이들에게도

그 사랑받을 수 있도록,

가르쳤던 거야. 다그쳤던 거야.

무엇이 잘못이고 무엇을 해선 안 되는지 알려주고 싶었던 거야.

가끔은 그 표현이 거칠어서 상처가 되었을 수도 있겠지.

그럼에도, 해야만 했던 거야.

늘 이야기했던 말이지만,

너흰 내가 담임으로서 만날 그 어떤 아이들보다 뛰어나고,

훌륭한 아이들일 게 분명해.

그 모습 변치 않았으면,

아니 더 발전하고 성장했으면 하는 마음으로

너흴 대한 것이었단 걸 기억해 주렴. 믿어주렴.

담임 선생님이, 나를 너무 구박한다고 생각이 들 때가 있나요? '나만 미워해!'라는 생각이 들 때가 있었다거나. 그건 관심의 다른 표현방식일지 모릅니다. 세상의 많은 선생님이란 존재는 절대 자기 학생들이 미움받는 걸 원치 않을 테니까요. 전 그렇게 믿고 있습니다. 세상에 나가기 전에, 세상이 얼마나 가혹한 곳인지 알려주고 싶어서, 더 단단하게 만들어주고 싶어서, 가끔은 마음과 다른 표현들을 사용하게 되었을지도 모릅니다. 그 마음을 헤아릴 수 있다면, 여러분은 아마 '성인'이라 불려도 될 겁니다.

라쌤의 한마디

날 미워하는 사람들은 아예 나한테 관심조차 주지 않을 거예요.

마지막 종례신문

○

Q. 〈보기1〉의 대화를 읽고 〈보기2〉에 주어진 조건대로 ①~⑩을 채우시오.

> **보기 1**
>
> **A** 아, 이제 정말 끝이구나. 10대가 끝났어. ㉠누구보다 넌 뿌듯하겠다. 좋은 대학 합격했잖아.
>
> **B** 뿌듯하긴. 난 지금 매우 우울하다고. ㉡사랑스러운 여친과 헤어져야 한다고.
>
> **C** 답답한 녀석들. ㉢너희의 마인드는 10대에서 벗어나지 못했구나.
>
> **A** 웃기고 있네. ㉣꿈이 있긴 하냐? 넌 대체 뭐하고 살 생각이야?
>
> **C** ㉤내 목표가 이뤄지도록 나름 만반의 준비를 다 하고 있다고. 쓸데없는 걱정은 하지 마셔.

B ㉂넌 늘 그런 식이지. 어디 계획이 뭔지 들어나 볼까?

A ㉂애들아, 그 얘긴 나중에 하고 밥부터 먹자. 밥 먹으면서 이야기해도 되잖아.

C 그럼 새로 생긴 '이모네 감자탕'에 가는 건 어때? ◎앉은 자리에서 저녁까지 해결되잖아! 면 사리에 밥까지 볶아 먹자!

B 점심, 저녁을 한 번에 해결하자고? ㉃변함없이 먹는 건 네가 최고다!

A 그래. 가 주자. 음식 많이 먹기 대회 같은 거 있을 걸? 완전 우승할 수 있을 것 같은데. ㉄내가 응원할게. 어때? 그럴듯하지?

C 그래. 알겠다. 일단 가자! 배고파!

보기 2

1. ㉠의 부사어를 쓰시오.

2. ㉡의 관형어를 쓰시오.

3. ㉢의 관형어를 쓰시오.

4. ㉣의 주어를 쓰시오.

5. ㉤의 부사어를 쓰시오.

6. ㉂의 부사를 쓰시오.

7. ㉂의 관형사를 쓰시오.

8. ◎의 부사어를 쓰시오.

9. ㉃의 부사어를 쓰시오.

10. ㉄의 서술어를 쓰시오.

1.

2.

3.

4.

5.

6.

7.

8.

9.

10.

겨울방학

항상 이맘때 즈음이면 꼭 같은 생각을 떠올렸던 것 같아.

시간은 왜 이렇게 빨리 가는 걸까.

헤어짐보다 힘든 건 그리움이라는데,

한동안 그 고통 속에서 살아야겠지만

새로운 세계에서 더 멋진 모습으로 살아갈 너의 모습을 기대하며

아픔을 잊어보도록 할게.

그럼, 쌤이 이 겨울을 더 단단하게 보낼 수 있는 꿀팁을 소개해볼까?!

첫 번째 팁! 나만의 플랜 세우기!

긴 겨울이 끝나고 나면 분명 새로운 시작을 위해

우린 또 바빠야 할 테니까,

그래서 이 겨울이 의미 없이 지나가지 않도록

뭔가 특별한 플랜을 한 번 세워보면 어떨까?

너무 추상적으로 느껴질 수 있으니 선생님이 세웠던 계획을 한번 말해

볼게.

선생님은 방학이면

늘 '이번 주에 읽은 책'이라는 항목을 플래너에 적곤 해.

한 주가 마무리될 때 독서목록을 정리하고

또 나름 책에 대한 소감도 한두 마디 적어놓곤 하는 거지.

'아 이번 주도 잘 살았다!'라는 마음이 든다니깐?

독서 말고도 요리하기, 운동하기, 여행가기 등

많은 것이 '나만의 플랜'이 될 수 있어!

두 번째 팁! 그간 소식을 전하지 못했던 고마운 사람들과 연락하기!

소중하지 않은 사람이 있을까?

아니, 누군가에게 소중한 사람이 되는 건 참 행복한 일 아닐까?

'나를 잊지 않고 연락해 주었다'라는 사실만으로도

사람들은 분명 고마워할 테고,

또 그것만으로 소중한 마음이 생길 거야.

손편지를 강력 추천하고 싶지만, 주소를 알기 쉽지 않을 수 있으니

전화든, 문자든, 메신저든 가볍게 연락 한번 해보면 어때?

다짜고짜 연락하면 어색할 수 있으니까 이렇게 말해봐.

'잘 지내? 어제 꿈에 네가 나왔거든! 너무 반가워서 연락했어!'

어때? 자연스럽지? 참, 이모티콘은 꼭 넣기를 바라.

겨울은 분명 많은 이들을 갈라놓지만,

수많은 이들이 너와의 그 이별을 슬퍼하고 있다는 것 꼭 알아둬.

적어도 난 그래.

누구보다 사랑스러운 너의 꿈이 이뤄지도록

늘 그 자리에서 변함없이 응원할,

웅숭깊은 라쌤.

여러분이 존재하기에, 선생님도 존재합니다

'죽고 싶다'

이 말을 몇 번씩 되뇌며 지내던 때가 있었습니다. 그런데 하루는 그 말을 들었는지, 누군가 머릿속에서 속삭이더군요.

'그래서 언제 죽을 건데?'

고민을 거듭하다 저도 모르게 외친 답은, '그래도 수시는 끝나야지.' 그랬습니다. 그때 전 고3 담임이었고, 아이들의 꿈을 위한 과정이 온전히 실현될 수 있도록 대입 수시모집까진 꼭 살아있어야겠다고 생각했습니다. 스스로 주고받은 여러 마디의 말 덕분에 '우울증' 대신 '책임감'이란 단어를 가슴 속에 채울 수 있었습니다. 그 여러 마디의 말은 다름 아닌 학생이란 존재에게서 전해진 메시지임을, 이제는 잘 알고 있습니다.

중학교 및 고등학교에서 아이들과 함께했던 8년, 일상의 소중함을 전

해주기 위해 썼던 '학급 종례신문'을 한 권의 책으로 엮었습니다. 세상을 일컫는 새로운 표현들이 하루가 다르게 쏟아지고 있습니다. 특히나 마음 아픈 건, '언택트 시대'라는 표현입니다. 언택트. 쉽게 말하면 '대면하지 않는다'는 의미겠죠. 좀처럼 가라앉지 않는 바이러스의 여파로 세상은 단절되어 가고 있습니다. 그런데 그 '단절'은, 결코 우리가 추구해야할 가치는 아닙니다. 오히려 그 반대를 추구해야 하죠. 만남, 소통 그리고 사랑. 끊어지지 않을 그 단단한 끈을 선사하고 싶었습니다.

이 책은 세상 모든 교사가 아이들에게 해주고픈 말로 가득합니다. 선생님들은 아이들을 아끼고 사랑하기에, 그 사랑을 자신이 아닌 모든 사람에게 받길 바라는 마음에 늘 다그치고 또 가르칩니다. 그 마음, 세상의 모든 교사를 대신하여 제가 감히 여러분이 있는 모든 곳에 전하고자 합니다. 학생들이 있는 곳이면 어디든, 그곳은 학교가 될 수 있습니다.

여러분이 존재하기에, 선생님도 존재합니다.

여러분의 삶에 위로를, 용기를, 희망을 전해주고픈

작은 소망을 담아,

바이러스가 뒤덮은 세상에서도 절대 꺼지지 않을 열정을 담아,

— 웅숭깊은 라쌤